10
18

12, AVENUE D'ITALIE. PARIS XIIIe

Sur l'auteur

Marco Malvaldi est né à Pise en 1974. Après des études de chimie, il a été chercheur pendant dix ans à l'université de Pise. Passionné de musique baroque, il a étudié le chant lyrique au Conservatoire avant d'entamer une brève carrière de chanteur professionnel. Il a publié aux éditions Sellerio la série des retraités du *BarLume*, qui connaît un succès critique et commercial retentissant en Italie. Il est également l'auteur du *Mystère de Roccapendente* (Christian Bourgois Éditeur, 2012 ; 10/18, 2013), roman policier historique mettant en scène le célèbre gastronome Pellegrino Artusi.

MARCO MALVALDI

LA *BRISCOLA* À CINQ

Traduit de l'italien
par Nathalie Bauer

INÉDIT

10
18

Grands détectives

créé par Jean-Claude Zylberstein

CHRISTIAN BOURGOIS ÉDITEUR

Du même auteur
aux Éditions 10/18

LE MYSTÈRE DE ROCCAPENDENTE, n° 4687

Titre original :
La briscola in cinque

Ouvrage paru en coédition
avec Christian Bourgois Éditeur

ISBN-978-2-264-06185-0

À mon grand-père et à ma grand-mère

Caminante, son tus huellas
el camino, y nada más ;
caminante, no hay camino,
se hace camino al andar.

Voyageur, le chemin,
ce sont les traces de tes pas,
c'est tout ; voyageur,
il n'y a pas de chemin,
le chemin se fait en marchant.

Antonio MACHADO[1]

1. In *Champs de Castille*, précédé de *Solitudes et autres poèmes* et suivi de *Poésies de la guerre*, traduit par Sylvie Léger et Bernard Sesé, Gallimard, 1980. (*Toutes les notes sont de la traductrice.*)

PROLOGUE

Quand vous commencez à tituber, que vous allumez une nouvelle cigarette pour vous accorder cinq minutes supplémentaires, même si vous avez la gorge en feu et la bouche assez pâteuse pour imaginer avoir mangé un pneu, sachant que les copains en allumeront une à leur tour et qu'on s'attardera encore un moment, bref, quand c'est le cas, il est vraiment temps d'aller vous coucher.

Il était quatre heures dix et on était en plein mois d'août. Trois garçons se tenaient près d'une Micra verte. Ils avaient tous bu plus que le strict nécessaire, et le propriétaire de la Micra davantage que les autres – lesquels s'employaient maintenant à le dissuader de prendre le volant.

« Je te raccompagne, hein, dit le plus petit qui avait le crâne rasé partout, excepté au sommet, ce qui lui donnait l'allure d'un palmier. Laisse ta caisse ici, je te raccompagne. »

Le deuxième s'efforçait de refuser. Tout juste sorti de la discothèque, il avait non seulement une alcoolémie digne d'un chômeur russe, mais aussi la tête remplie de petites lumières qui entravaient le cours de ses pensées. Malgré tout, il objecta :

« Si mon vieux s'aperçoit que j'ai laissé la caisse et que je suis rentré avec toi, y me dira "Tiens, t'es revenu bourré" et me cassera le cul. Il est pas con, mon vieux.

— S'il te voit rentrer dans cet état, insista Tête de Palmier, il nous cassera le cul à tous les deux : à toi parce que t'es rentré tout seul, et à moi parce que je ne t'ai pas accompagné. Et puis…

— Non, je rentre tout seul. Cool, j'y arriverai.

— Et toi, tu dis rien ? » lança Tête de Palmier au troisième sommet du triangle, qui avait demandé ce soir-là au coiffeur – sans doute avec une certaine fermeté – de lui teindre les cheveux en jaune polenta et de les décorer coquettement de taches violettes du style léopard punk. Des yeux bovins et une bouche à moitié ouverte complétaient le tableau.

« S'il s'en sent capable, ça le regarde…

— Espèce de con, il fera pas dix mètres avant de fendre un arbre en deux, tu vois pas ?

— Bon, j'y vais. En cas de souci, je te bigophone et tu viendras me chercher. »

Tête de Palmier se tourna vers l'autre, l'air de penser : « Quand on a le crâne dur, on a le crâne dur », et reçut pour toute réponse un regard encore plus vide qui voulait dire : « Moi, j'en ai rien à foutre, dans deux minutes je vais me pieuter. »

« Alors, vas-y, on t'attend ici deux minutes. Si…

— Cool, si j'y arrive pas, je t'appelle. »

Le jeune homme avait tenté de s'exprimer clairement et nettement, du mieux possible, pour donner l'impression que sa cuite passait. En réalité, sa tête bourdonnait encore et il avait l'impression, à chaque mouvement, que le monde le suivait avec un temps de retard.

Il prit une grande respiration et fouilla sa poche à la recherche de sa clef, qu'il trouva aussitôt, ce qui lui parut de bon augure. Il la contempla un moment, approuva son aspect d'un signe de tête mal assuré et se glissa dans l'habitacle. Il referma la portière, mit le contact et démarra somme toute sans difficulté.

Il dut s'arrêter au bout d'environ un kilomètre sur le parking de la pinède. La voiture, qui semblait en caoutchouc, ondoyait horriblement dans une direction, refusant avec obstination d'aller dans l'autre : il avait l'impression d'être dans un lave-linge, la fermeture du tambour tournant autour de lui. Swach, swach, swach.

Il ouvrit la portière – cette fois, non sans mal – et se leva.

Un peu d'air me fera certainement du bien.

Quoiqu'il fût seul, il s'efforçait de choisir ses mots pour se persuader qu'il n'était pas malade. Et pour rester éveillé – une entreprise ardue.

Mais il faudrait que j'urine. Eh oui. Exactement. Oui, oui. Je crois que c'est nécessaire.

Tout en monologuant, il s'approcha d'une poubelle.

Il avait plu la nuit précédente et, malgré la chaleur, le parking était couvert de boue. Évitant les flaques, il atteignit la poubelle qu'il élut, au terme d'un bref discours mental, au rang de vespasienne.

Il remontait sa fermeture Éclair – soit près d'un siècle plus tard – quand il avisa une fille à l'intérieur de la boîte à ordures. Il pensa qu'elle était plutôt mignonne. Presque au même moment, une petite voix lui dit qu'elle devait aussi être morte. Cela ne le surprit pas. Mieux, avec le flegme que seul l'alcool est susceptible d'octroyer, il se mit à réfléchir tout haut. Mais, contrairement à ce qu'on lit dans les polars, cette découverte ne contribuait pas à aiguiser son esprit.

Je la connais ? Non, je ne crois pas. Il faut que j'avertisse les flics. Je vais chercher mon portable dans la voiture.

Il s'exécuta et s'aperçut que l'appareil était déchargé.

Bordel ! Juste maintenant, comme par hasard ! Et où est-ce que je vais aller ?

Il lança un regard circulaire comme si quelqu'un, dans les parages, pouvait lui souffler la réponse.

Attends, attends. J'ai vu un bar en route, un bar ouvert. Allez, respire. Faut que je me concentre et que j'arrête de tout voir tourner. Sinon j'y arriverai pas.

Avant de monter en voiture, les doigts écartés devant lui, il se concentra deux ou trois minutes. Paradoxalement, il se sentait léger. Il avait eu peur de regagner son domicile dans un pareil état à cette heure de la nuit : la découverte du cadavre justifierait aussi bien son retard que son alcoolémie. On a bien le droit de s'accorder un petit remontant quand on tombe sur un macchabée, pas vrai ? Sa peur, au moins, s'était évanouie.

Voilà, maintenant ça va. Calmos, suis la ligne blanche, tu vas voir, tu vas y arriver.

Il y arriva vraiment, au bout d'une minute de peur supplémentaire, et se dirigea vers la porte du bar. Ressaisis-toi, se dit-il avant d'entrer. Il tourna la poignée de la porte vitrée et franchit le seuil. Derrière le comptoir, le barman, qui lavait et rangeait les verres, lui lança un regard intrigué. Pour se donner une contenance, le garçon lui adressa un sourire béat qui ne fit que souligner son état.

« Pardon, vous avez le téléphone ?

— Oui, derrière le frigo des glaces. »

Il s'apprêtait à se rendre à l'endroit en question quand une voix intérieure le retint. Dressant un doigt, il interrogea :

« Faut que je commande quelque chose ?

— Ce n'est pas nécessaire pour le bon fonctionnement de l'appareil. »

Il gagna donc le téléphone, composa le numéro et déclara :

« Allô, la police ? Écoutez, je voulais vous dire que j'ai trouvé le cadavre d'une fille morte dans une poubelle, vraiment morte, j'en suis sûr. »

Pause.

« Mais oui, sur le parking de la pinède, celui où les Allemands vont pique-niquer, mais la fille m'a l'air italienne : elle est brune. »

Pause.

« Oui, dans une poubelle. La grise, près du parking des camping-cars, celui où les Allemands vont... oui, pique-niquer. »

Pause.

« Je sais que j'ai bu, inutile de me le dire, mais c'est vrai ! Mais vraim... pardon, mais vous avez la tête dure comme du bois ! C'est vrai... »

Pause.

Il contempla le téléphone.

« Ils m'ont raccroché au nez », annonça-t-il d'un ton incrédule et vaguement vexé.

Le barman, qui avait quitté son comptoir, le regardait avec un mélange de stupeur et de sévérité.

« Tu as vraiment vu un cadavre ?

— Bordel, oui ! Sur le parking de la pinède, celui où…

— J'ai compris. Allons-y, tu vas me montrer. Je me charge d'appeler la police. »

Le barman tira ses cigarettes du comptoir. Il en alluma une tout en consultant sa montre, puis sortit, suivi de l'autre.

« Donne-moi les clefs. C'est moi qui conduis. »

DÉBUT

Le seul agrément d'un après-midi de la mi-août, à quatorze heures précises, alors que vous respirez de l'air liquide et vous efforcez de ne pas penser que six à sept heures vous séparent encore du dîner, consiste à aller boire un verre au bar avec des amis.

On s'assied à une table sur la terrasse, on ajuste son pantalon à l'entrejambe trempé, on s'évente dix secondes puis on reprend par magie ses esprits ; le membre le plus en forme du club va passer la commande au comptoir, car le barman vous a lancé un regard haineux à votre arrivée et il s'emploie maintenant à laver des verres (ou, mieux, un verre, le même depuis cinq minutes), raison pour laquelle, si personne n'y va, adieu.

L'important, c'est qu'il y ait la petite brise, ce souffle de vent de la bonne intensité qui soulève un peu votre chemise, compte doucement vos vertèbres, rafraîchit les espaces entre vos doigts de pied auxquels vos tongs n'ont pour l'instant apporté qu'un maigre soulagement, mais demeure assez délicat pour ne pas déranger la mèche dont vous vous couvrez le crâne. L'arôme iodé de la brise marine vous débouche les narines, vous invite à respirer et, quand le héros qui fait office de serveur revient, muni des boissons et des cartes à jouer, non seulement vous avez recouvré votre bonne humeur, mais aussi votre après-midi s'est un peu écourté.

Ces choses-là sont agréables lorsqu'on a vingt ans. Lorsqu'on en a quatre-vingts, elles sont le sel de la vie.

Le petit groupe qui se tient à l'extérieur du *BarLume*[1], en plein centre de Pineta, se compose de quatre papys bien guillerets, du genre habituel dans le coin. Les deux partis concurrents, constitués, l'un de messieurs avec canne et petit-fils, l'autre de dames tricotant des chaussettes devant chez elles, ne sont pas numériquement à la hauteur et sont de moins en moins présents.

Au seuil jamais assez critiqué de l'an 2000, Pineta est devenu à tous les égards une station balnéaire à la mode. Voilà pourquoi l'Office du tourisme s'emploie inexorablement à balayer les catégories mentionnées plus haut en dressant contre elles l'architecture du village : le bar avec terrain de pétanque a été transformé en pub disco à ciel ouvert, le parc à jeux des petits-enfants, dans la pinède, en salle de bodybuilding en plein air, et les bancs ont laissé la place à des parkings pour deux-roues.

À en juger par leur façon de se disputer, les quatre hommes entretiennent des liens plutôt amicaux : trois d'entre eux trônent avec une

1. Jeu de mots sur « Bar » (*Bar*), « Lumière » (*Lume*), soit « Bar-Lumière » en français, et *barlume*, terme qui signifie « lueur ».

dignité papale sur des fauteuils en plastique, tandis que le quatrième, debout, est muni d'un plateau sur lequel reposent un jeu de cartes, un Fernet, une bière et un sambuca avec des mouches[1]. L'un des trois premiers gesticule, comme piqué de la tarentule.

De toute évidence, il manque quelque chose.

« Et le café ?

— Il n'a pas voulu le préparer.

— Il n'a pas voulu ? Et pourquoi ça ?

— Il dit qu'il fait trop chaud.

— Qu'il fasse trop chaud ou non pour boire un café, ce sont mes oignons, nom d'une pipe ! Comme si ma fille, ce rabat-joie qui me distribue les cigarettes au compte-gouttes, ne suffisait pas... il faut maintenant que le barman s'inquiète de ma santé ! Saperlipopette, il va m'entendre !! »

Ampelio Viviani, quatre-vingt-deux ans, cheminot à la retraite, ancien cycliste amateur de bon niveau et triomphateur incontesté pendant vingt-six ans, à partir de 1956, de la compétition des jurons introduite (officieusement) à la fête de *l'Unità*[2] de Navacchio, se lève fièrement avec l'aide de sa canne et se dirige d'un pas impétueux vers le bar.

« Regardez comme il a bondi, on croirait voir Ronaldo !

1. Le Fernet-Branca est un alcool à base de plantes et le sambuca, une liqueur à l'anis que l'on sert parfois avec trois grains de café, dénommés « mouches ».

2. Équivalent italien de la « Fête de l'*Huma* », *l'Unità* étant l'organe du Parti communiste italien et, après sa disparition, de ses rejetons.

— Tu dis ça à cause de sa façon de tenir sa canne ? »

Une fois au comptoir, il lance au barman, sa canne en joue :

« Massimo, je veux un café. »

La tête penchée sur l'évier, Massimo coupe des citrons en tranches, opération qui semble l'absorber autant qu'un moine bouddhiste en pleine méditation. D'une manière tout aussi ascétique, il répond :

« Pas de café. Il fait trop chaud. Plus tard. Peut-être.

— Écoute-moi bien, crénom d'un chien ! Dire qu'il fait trop chaud pour boire un café à un ancien combattant de la guerre d'Abyssinie, c'est un monde, ça ! »

Sans détourner la tête, Massimo réplique :

« Il ne fait pas trop chaud pour le boire. Il fait trop chaud pour le préparer. Tu voudrais vraiment m'obliger à suer comme un porc devant ce hammam ? Tout ça pour un misérable et minuscule café qui, en plus, ne sera pas réussi, compte tenu de l'humidité ambiante ? Prends plutôt un thé glacé, c'est moi qui régale.

— Un thé glacé, nom d'une pipe ! Si j'avais envie d'être malade, je serais resté avec ta mamie à regarder les *tocs-chauds* à la télé. C'est la dernière fois que je mets les pieds dans ce bar ! »

Massimo redresse enfin la tête.

La trentaine, les cheveux bouclés, les joues barbues, un aspect un peu arabisant qu'accentue la chemise blanche qui lui descend jusqu'aux genoux, miraculeusement dépourvue d'auréoles de sueur, l'expression boudeuse, il lève les yeux au ciel.

Mais un instant seulement et pas de façon théâtrale. Les reposant sur les citrons, il répond :

« Vois-tu, papy, ceci est le seul bar de Pineta qui te supporte, et ce, uniquement parce qu'il m'appartient. Voilà pourquoi, si tu veux un café, attends deux ou trois heures. De toute façon, tu ne travailles pas.

— Donne-moi une eau-de-vie et que Jupiter foudroie ma fille ! »

Ampelio est retourné à sa table. Tout en mêlant les cartes, Aldo, le patron du restaurant *Boccaccio*, propose un jeu :

« *Scopa*, *briscola*, *tressette ?* »

Les deux autres clients assis réagissent. Gino Rimediotti, retraité de la poste, qui fait plus que ses soixante-quinze ans, lance son habituel :

« Tout me convient. À un détail près, jouer en équipe avec Machin...

— Petit malin ! C'est toujours ma faute...

— Bien sûr que c'est toujours ta faute ! Même si on te pendait, tu ne te rappellerais jamais les cartes qui sont sorties.

— Tu sais, Gino, je t'aime bien, mais quand on fait des clins d'œil aussi prononcés que si on avait avalé du gravier, il vaut mieux la boucler. Quand tu pioches un trois[1], on a l'impression que tu vas avoir une attaque. N'importe qui peut comprendre que tu as des atouts, même les morts dans leurs cercueils ! »

Le quatrième homme se nomme Pilade Del Tacca. Il a assisté au passage paisible de soixante-

1. La plus grosse carte dans la *briscola* après l'as.

quatorze printemps et arbore avec bonheur un certain embonpoint. Ses années de dur labeur à la mairie de Pineta, où l'on n'est rien si l'on ne prend pas quatre fois le petit déjeuner tous les matins, ont forgé aussi bien son physique que son caractère : il s'y montrait non seulement mal élevé, mais aussi très casse-couilles.

Aldo cesse de battre les cartes. Le moment est crucial. D'une voix neutre, il explique qu'il n'est pas possible que le choix repose chaque fois sur Ampelio et lui, ni que Del Tacca se plaigne toujours « parce que c'est nous qui choisissons. De deux choses l'une : soit c'est vous qui choisissez, soit on fait autre chose ».

Ampelio réplique : « Moi, je suis d'accord pour choisir. Mais si vous n'êtes pas d'accord, on peut aussi changer d'équipes. » Del Tacca demande : « Qui est contre ? », Gino suggère : « Ta putain de mère, voyons ! À ton avis ? Nous tous ! » L'atmosphère se fait pesante, et la brise imperceptible.

Sans mot dire, Massimo pénètre sur la terrasse, s'empare d'une chaise et se joint au petit groupe. Il allume une cigarette puis, saisissant les cartes, déclare :

« J'ai laissé l'employée se débrouiller toute seule à l'intérieur. De toute façon, il n'y a jamais personne à cette heure-ci. Une *briscola* à cinq, ça vous dit ? »

Inutile d'échanger un coup d'œil : les prunelles se raniment, les verres se vident, les coudes sont pointés sur la table, et c'est parti.

La *briscola* à cinq a l'art de plaire.

Environ cinq mois plus tôt, la voix d'Ampelio couvrait comme d'habitude le bruit ambiant, habilement pilotée dans les tortueux virages intellectuels du retraité, qui ne perdait pas une occasion pour communiquer *urbi et orbi* ses opinions sur tout :

« Sacrebleu, je ne comprends pas comment les gens peuvent aimer ça ! On vous enferme dans un hangar où passe de la musique à fond et on vous oblige à gigoter, au lieu de danser, les uns collés aux autres, comme si on vous avait fourré du sable dans le slip. Vous en ressortez complètement abruti et vous devez même payer pour ça ! Bon sang de bonsoir, j'aimerais savoir si c'est normal.

— Papy, pour commencer, parle moins fort et arrête de faire du chahut. Merci. Si les gens ont envie de s'amuser comme il leur plaît, qu'est-ce ça peut te foutre ? Ça nuit peut-être à ta santé ? »

Ampelio reposa son verre sans cesser de marmonner :

« Nom d'une pipe, si ça nuit ! Ça vous nuit. Pour entendre tout résonner, suffit de se distribuer des coups de brique sur le crâne. Au moins, c'est gratis ! »

Aldo se leva pour prendre son briquet dans la poche de son manteau. Le jour de fermeture du *Boccaccio*, ce veuf insouciant et sociable allait toujours passer la soirée au bar, où il était sûr de trouver des amis.

« Le problème, dit-il en essayant de saisir l'objet en question sans faire tomber le vêtement, c'est qu'aujourd'hui un tas de jeunes ne peuvent s'amuser que si ça leur coûte cher. Ça a toujours été comme ça, hein ! Montrer qu'on a de l'argent, c'est une façon comme une autre de frimer. Sauf que les modes changent. Heureusement pour moi, la mode aujourd'hui consiste à faire semblant d'être connaisseur en vins. Si tu voyais tous ces morveux qui se pointent après le dîner, empoignent la liste des vins et te lancent : "Je boirais volontiers un..." en confondant par exemple le nom du vignoble et celui du cépage, ou en réclamant un chianti de 1987 alors qu'il suffit de s'y connaître un peu pour savoir qu'un chianti de 1987 peut servir tout au plus de carburant... Et comme si ça ne suffisait pas, ils mangent le fromage avec du miel. J'en pisserais de rire.

— Tu devrais leur dire qu'ils pigent que dalle et leur expliquer deux ou trois trucs pour qu'ils apprennent tout doucement, intervint Pilade avec son élégance habituelle.

— Pour qu'ils apprennent doucement à déguerpir, ouais ! Ces gosses ne veulent ni bien boire ni bien manger : juste montrer qu'ils s'y connaissent et qu'ils sont des petits malins. Ils n'ont qu'à faire ce qu'il leur plaît. Moi, je vends de la nourriture et du vin, pas des discours. »

Une chose était certaine : quand Aldo affirmait qu'il vendait de la nourriture et du vin sans faire de chichis, il était dans le vrai. Le *Boccaccio* disposait d'une immense cave, avec une préférence pour les vins piémontais, et d'une cuisine exceptionnelle. Rien de plus. Le service était efficace, mais pas maniéré, et le décor pas recherché. En outre, chaque fois qu'un client se montrait déçu de la cuisine, le chef, un certain Otello Brondi, dit « Armoire à glace », personnage doté d'un talent indéniable dans l'art culinaire, mais négligé par les Muses pour tout le reste, finissait par l'apprendre, et le client en question voyait soudain se matérialiser devant lui un mètre cube de ventre, garni d'avant-bras aussi gros et poilus que des ours, qui demandait : « Pourquoi t'aimes pas ça ? » sur un ton pas exactement serviable.

Aldo alluma une cigarette et reprit :

« Personnellement, je déteste les restaurants où, quand vous commandez du vin qui détonne un peu avec les plats, ou que vous sortez un peu des règles de la gastronomie avec un grand G, on vous traite de plouc et on s'exclame : "Mais nooooon ! Ça gâcherait la selle de lapin désossée, servie avec le flan de haricots verts et de noix de cajou ! Faites-moi confiance…", ou pire encore. Dans certains établissements, il n'y a pas de demi-mesures. Soit vous êtes un connaisseur, et dans ce cas le patron vous adore et vous déroule le tapis rouge comme à Hollywood, soit vous êtes un bouseux qui n'y connaît fichtrement rien, et alors on vous fait comprendre sans prendre de gants qu'un type de votre espèce ferait mieux de rester chez lui, au lieu de venir casser les pieds alors que d'autres attendent. Votre argent est le bienvenu, mais pas vous. »

Le silence accueillit ses propos.

Le vendredi, il n'y avait jamais beaucoup de mouvement ; de plus, il soufflait un vent mordant qui découvrait de temps en temps les poubelles en ôtant leur couvercle, frottait les branches des arbres les unes contre les autres et se glissait dans des hululements sous la double porte vitrée. À lui seul, le bruit donnait la mesure du froid ambiant.

Las de jouer le barman derrière son comptoir, Massimo poussa le portillon et tenta timidement de se débarrasser des papys – très sympas, certes, mais vite insupportables – pour pouvoir rentrer chez lui.

« De toute façon, il est certainement plus amusant d'aller en discothèque que de jouer aux cartes. Vous avez disputé votre petite partie du soir ? dit-il en mettant habilement la soirée au passé afin que ses clients comprennent qu'il s'apprêtait à fermer.

— Tiens, tu as raison, on a encore le temps, déclara Ampelio.

— Mais on est cinq ! répliqua Massimo, qui se maudissait déjà. Si vous croyez que je vais rester ouvert après minuit pour vous regarder jouer aux cartes, vous vous mettez le doigt dans l'œil. Et puis, à ma connaissance, on n'a pas encore inventé de jeu pour cinq.

— Sapristi ! Tu as beau avoir des diplômes, Massimo, tu ne sais fichtrement rien. Tu n'as jamais joué à la *briscola* à cinq ?

— Non…

— Tu n'as jamais joué à la *briscola* à cinq ? Bon sang, Ampelio ! Qu'est-ce que tu as appris à ton petit-fils quand il était enfant ?

— À demander trois fois du chocolat à sa mamie et à lui en filer la moitié parce qu'on le lui rationnait, à lui, à cause de son diabète.

— Eh ben ! Il a l'air malin, ton papy. Bon, tu as envie d'essayer ? C'est amusant, je t'assure. À ma connaissance, tous ceux qui y jouent apprécient. »

Massimo réfléchit. Dehors on gelait, et l'idée de sortir n'avait effectivement rien d'attrayant.

Ça m'apprendra à feinter, pensa-t-il. Mais, au fond, l'idée d'éviter encore un peu le froid n'était pas pour lui déplaire.

Il alla chercher ses cigarettes, tandis que le vent faisait siffler les volets roulants et que les réverbères oscillaient en éclairant la rue par rafales, ce qui lui donnait un aspect vraiment fantomatique. Il se prépara un café sans en proposer aux autres et retourna à la table. Une fois assis, il étendit les jambes, appuya les bras sur les accoudoirs, alluma une cigarette et dit : « Je vous en prie. »

Les quatre hommes s'emparèrent d'une chaise et s'installèrent en omettant leurs guirlandes d'injures habituelles ; mieux : avec une attitude qui hésitait entre la satisfaction et la concentration, tels les dépositaires d'un grand secret qui se réjouissent d'avoir déniché un récipiendaire capable de l'apprécier.

Ils ajustèrent leurs pantalons, retroussèrent leurs manches et posèrent solennellement leurs paquets de cigarettes sur la table, comme s'ils entendaient souligner pour eux-mêmes qu'ils en auraient besoin. L'attitude typique de ceux qui savourent à l'avance un plaisir.

À leur vue, Massimo avait changé d'humeur : au fur et à mesure que les papys prenaient place, il avait commencé à ressentir quelque chose. Il arrive parfois, quand on est petit, que des plus grands vous invitent à partager leurs jeux de leur propre initiative, sans y être obligés par leur mère : cela équivaut un peu à vous inclure dans un rituel. Alors, vous vous amusez de n'importe quelle ânerie, et cette journée demeure gravée dans votre mémoire. Pendant une fraction de seconde, Massimo se demanda si le plaisir qu'il trouvait à jouer aux cartes avec quatre vieillards n'était pas le symptôme d'une étrange maladie. Puis il écarta cette question.

Est-ce qu'ils vont au moins me laisser choisir ce qui me plaît ? pensa-t-il avant de se concentrer sur le Grand Prêtre qui s'apprêtait à entrouvrir les portes du Temple.

« Alors, dit Pilade qui faisait fonction de maître des cérémonies, voilà comment ça marche. On commence par distribuer huit cartes d'un coup à chaque joueur. Puis on fait les enchères. Chacun annonce le nombre de points qu'il croit pouvoir réaliser par rapport aux cartes qu'il possède. Je m'explique : les enchères partent de soixante. Le premier dit "Je vais obtenir soixante et un points", le second "Et moi, soixante-trois points", et ainsi de suite jusqu'à ce qu'un joueur annonce un score tellement élevé que les autres décident de passer. Le vainqueur obtient le droit de choisir la couleur de l'atout de cette façon : supposons que tu aies un as et un trois de denier[1], tu me suis ?

— Oui, je te suis.

— Dans ce cas, tu as intérêt à appeler le roi de denier. Tu dis "Roi de denier" et établis ainsi deux choses : *une*, que l'atout est deniers. *Deux*, que ton coéquipier pour cette main est celui qui détient le roi de denier. Les trois autres sont tes adversaires. Pour gagner, tu dois réaliser avec ton coéquipier le nombre de points que tu as annoncé au début. Tu as intérêt à remporter les enchères, car ça te permet de choisir la couleur de l'atout, et tu dois jouer pour gagner, alors que les autres

1. La *briscola* se joue surtout avec des cartes italiennes dont les couleurs sont : denier, coupe, épée, bâton.

jouent pour te faire perdre. Et, qui plus est, à deux contre trois.

— Mais une fois qu'on a formé les équipes, comment on joue ?

— L'un après l'autre, dans un sens ou dans l'autre de la table. L'intérêt du jeu réside dans le fait qu'*on ne connaît pas son coéquipier*. À l'annonce de la carte, tes quatre partenaires commencent à se dévisager d'un sale œil, à s'accuser mutuellement d'être l'intrus, à affirmer qu'ils n'ont pas de denier dans leur main. L'un d'eux ment. Mais, tant que la carte en question n'est pas abattue, tu ignores tout du jeu, et tes adversaires aussi. Seul le détenteur du roi de denier sait de quoi il retourne, et naturellement il fera tout ce qu'il pourra pour être démasqué le plus tard possible, y compris si cela l'oblige à perdre des points. Tu as tout compris ?

— Distribue. On fait un essai. »

Il était rentré chez lui à quatre heures après avoir déposé Ampelio, son grand-père, sur son canapé, parce que sa grand-mère, Tilde, fermait à clef la porte de sa chambre en se couchant, à vingt-trois heures, qu'il soit de retour ou pas. Et il avait passé un bon moment. Dès lors, chaque fois que la clientèle et ses partenaires le lui permettaient, il jouait à la *briscola* à cinq et il s'amusait comme un dingue.

DEUX

Environ une heure et demie s'était écoulée, et la partie avait pris fin : Pilade avait gagné, Massimo et Aldo s'étaient bien défendus, Ampelio et Rimediotti avaient été battus à plate couture. Alors que Massimo, redevenu barman par la force des choses, rassemblait les verres, les quatre gamins tournèrent laborieusement leurs chaises vers la promenade. Une fois leur cercle vicieux transformé en amphithéâtre parlementaire, ils se préparaient à pratiquer ce qui constitue, à Pineta, le véritable sport national.

Se mêler de ce qui ne vous regarde pas.

« Alors, vous avez vu ? Nom d'une pipe, il ne manquait plus qu'un crime !

— Eh oui, c'est ça. Pauvre petiote, tuée chez elle, tu parles ! Déjà qu'on pouvait plus sortir, à cause de tous ces Albanais… maintenant ils viennent vous assassiner à domicile, misère !

— Excuse-moi, Gino, mais tu peux m'expliquer ce que les Albanais viennent faire là-dedans ? Et puis, saperlipopette, comment tu sais qu'on l'a tuée chez elle ?

— Elle portait des pantoufles, des pantoufles fourrées. Personne ne va se promener avec des pantoufles fourrées, à part Siria qui est, certes, encore vivante, mais à moitié gâteuse. Conclusion : on l'a assassinée chez elle.

— Eh oui, la pauvrette... »

Massimo vida le cendrier plein dans la poubelle sans pouvoir s'empêcher de demander :

« Quel est le rapport avec les Albanais, hein ? »

Gino le toisa des pieds à la tête, leva le menton au ciel (destiné à renforcer ses propres opinions en invoquant sur soi le savoir céleste, ce geste millénaire est indispensable dans les conversations de bar, en particulier quand on aborde des sujets pouvant comporter diverses interprétations, par exemple : les prestations des avant-centres, la familiarité de telle ou telle femme avec certaines pratiques buccogénitales et autres choses du même genre) et dit :

« Il n'y en aurait pas un peu trop dans le coin ? Tu voudrais peut-être me faire croire que tous ces gars qui s'amènent sans papiers, et donc sans pouvoir être identifiés, sont des gens convenables ? Sacrebleu ! Rien que des canailles ! Ils vendent de la drogue, détroussent les gens, se prennent pour je ne sais qui...

— Je me demande juste ce qu'ils viennent faire dans cette histoire, poursuivit Massimo, perfide. J'aimerais bien savoir pourquoi vous vous croyez obligés de pointer du doigt les Albanais chaque fois qu'il se produit quelque chose, comme le jour où l'estivante a été volée devant les bains Lomi. »

Gino rougit et perdit un instant le fil de son discours. Trois semaines plus tôt, un individu avait dérobé son sac à main à une vacancière devant l'établissement de bains, et le vieillard avait glosé pendant deux jours sur le péril albanais, prophétisant des mésaventures de toutes sortes et réclamant l'intervention de l'État. Il avait continué jusqu'au soir du troisième jour, quand on avait découvert que le voleur en question n'était autre que le petit-fils de son voisin de palier.

Pilade en profita pour s'immiscer dans la conversation :

« Comment es-tu au courant, pour les pantoufles ?

— Massimo nous l'a raconté avant ton arrivée. C'est lui qui a trouvé la malheureuse, répondit Gino, un peu pincé.

— Quoi, maintenant que je vous ai fait sauter votre histoire d'Albanais, c'est moi que vous soupçonnez ?

— C'est toi qui l'as trouvée ?

— Pas exactement. Un type l'a découverte dans la poubelle. Il a essayé d'appeler la police, mais la batterie de son portable était morte. Comme le bar était le seul endroit ouvert à cinq heures et quart, il est venu téléphoner chez moi. Sauf qu'il était bourré comme un coing. L'agent qui était de service au standard du commissariat a raccroché, croyant à une plaisanterie. Je suis allé voir l'endroit où se trouvait le cadavre avec le type et j'ai averti les flics. Cinq minutes plus tard, ils étaient là. Il leur en a fallu dix pour identifier la morte, et comme ils avaient déjà appelé le médecin, ils tiraient tous une de ces têtes… »

Massimo observa une pause tout en passant son chiffon sur la table et en le secouant au-dessus du seau. Il n'avait pas beaucoup d'efforts à accomplir pour revoir la scène de ce matin-là : tous les détails étaient encore gravés dans sa mémoire.

Somme toute, il aimait bien le Dr Carli et il avait guetté sa réaction, à son arrivée dans la pinède, face au spectacle qu'offrait l'intérieur de la poubelle : certes, il ne la connaissait que de vue, mais il la connaissait tout de même. C'était surtout la fille d'une vieille copine.

Le médecin n'avait pas fait mentir sa réputation d'impassibilité : il avait aussitôt identifié la défunte et ne s'était attardé qu'un instant devant son corps avant de secouer la tête d'un air dubitatif.

Il n'avait pas paru désolé : il avait probablement deviné dès le début de quoi il retournait. Personne n'avait eu assez de présence d'esprit pour le regarder droit dans les yeux, pendant qu'il saluait les agents à sa descente de voiture. Il avait examiné le cadavre avec une délicatesse inhabituelle, puis s'était laissé un peu aller.

« Vous savez ce qui m'ennuie ? »

Massimo s'abstint de répondre, continuant de dévisager le médecin dont les yeux trahissaient maintenant une certaine inquiétude. De toute évidence, il n'avait guère envie de rentrer chez lui : il préférait vraisemblablement tenir le rôle du médecin efficace plutôt que celui de l'ami chagriné.

« Ce qui m'ennuie, c'est que je dois annoncer ça à Arianna. »

Dans le mille, pensa Massimo.

« Vous voulez le faire vous-même ? » interrogea-t-il. Une question stupide, mais il lui était impossible de garder le silence, alors que le médecin nettoyait ses lunettes pour la cinquantième fois. Très grand – environ deux mètres –, la cinquantaine, le visage paisible et les cheveux poivre et sel, il avait vraiment l'air de ce qu'il était : un médecin sur une scène de crime. Il ressemblait un peu à Francesco Guccini, aussi à l'aise sur le parking que le chanteur sur une scène. Comme toujours, il s'était habillé à la hâte : de plus, rentré très tard d'une réception, il ne devait pas avoir beaucoup dormi.

« Je suis bien obligé de le lui dire. La pauvre ! Ou plutôt les pauvres, toutes les deux… »

Il semblait s'inquiéter davantage pour la mère que pour la fille. Mais c'était logique : la mère était une vieille amie, qui passait, à chaque visite, au moins quinze jours à Pineta. En revanche, il avait sans doute vu la fille juste assez pour la reconnaître : quand ils sortaient ensemble, les jeunes (la fille d'Arianna, le fils du Dr Carli et d'autres autochtones) faisaient bande à part. Par chance, la voix de stentor du commissaire Fusco, homme pour lequel il éprouvait des sentiments troublants, le tira d'embarras.

Massimo en avait justement parlé un jour avec le Dr Carli, et ils s'étaient entendus sur le fait qu'il n'était pas humainement possible de trouver quoi que ce soit de sympathique chez l'« Illustrissime Commissaire », titre auquel l'homme aspirait. Après avoir approuvé l'affirmation selon laquelle Vinicio Fusco était susceptible, arrogant, obstiné, prétentieux et vaniteux, le médecin avait déclaré :

« Cet homme est à lui tout seul un livre de blagues calabraises. »

Chaque fois qu'il pensait à Fusco, Massimo ne pouvait s'empêcher de se demander si, à force de côtoyer le vieux Rimediotti, il n'était pas devenu lui aussi un peu raciste. Il se consolait en se disant que du temps où il fréquentait l'université, à Pise, un ami sicilien qu'il était impossible de soupçonner de discrimination raciale avait, dans un moment d'ébriété, brossé « le portrait-robot du parfait crétin ». Parmi les caractéristiques fondamentales (que Massimo avait oubliées) devaient certainement figurer : ingénieur, supporter de la Juventus, calabrais.

Mais, compte tenu des circonstances, l'Illustrissime Commissaire arrivait à point nommé. Jovial – il adorait son métier, qu'il aimait exercer en public –, il se présenta derrière les deux hommes et tonna, tout joyeux :

« Alors, Walter, dites-moi tout ! Âge, sexe, heure, cause, divers. »

Le regard rivé sur la pointe de ses chaussures, le médecin croisa les mains dans son dos et commença :

« Âge : dix-neuf ans. Sexe : féminin, pour le cas où on aurait besoin d'un médecin pour l'établir. Décédée depuis au moins deux heures et au plus cinq, ni plus ni moins. Cause de la mort : étranglement. Divers : le monde regorge de cons. »

Fusco reçut la remarque de plein fouet. Il avait certainement oublié que le Dr Carli connaissait la défunte. Il demeura immobile un instant, la mâchoire en avant et les mains sur les hanches, et décida qu'il valait mieux faire meilleure figure. Il cria aux photographes qu'il voulait les clichés avant la fin de la matinée, puis concentra son attention sur une Clio vert foncé garée à quelques pas de là, les roues droites dans les flaques de boue.

« Et ça ? »

Il s'approcha de la voiture, jeta un coup d'œil par la vitre, adopta un air entendu et appela un agent d'un signe de la main.

Massimo regarda avec amusement l'espèce de jeune asperge rejoindre à grandes enjambées le minuscule Fusco et se mettre au garde-à-vous dans l'attente de ses ordres. Le commissaire ordonna au torse de l'agent :

« Repos, Pardini ! Ceci est la voiture de l'individu qui a découvert le corps. Les clefs sont sur le tableau de bord. Ôtez-la-moi de là, elle nous casse les couilles !

— Veuillez m'excuser, monsieur le commissaire… » déclara l'individu en question qui, s'attendant à être interrogé de manière informelle, se sentait à juste titre au centre de l'attention.

Fusco l'interrompit d'un geste. « Du calme, mon petit, nous parlerons tranquillement pendant qu'on déplace ton auto. À quelle heure as-tu découvert le corps ?

— Il vaudrait mieux que je vous dise d'abord une chose. Écoutez… »

Fusco lui lança un regard farouche qu'il avait sans doute longuement testé devant son miroir, les mains sur les hanches.

« Mon petit, il vaudrait mieux que tu répondes d'abord à mes questions. Je répète lentement. Comme ça, la cuite te passera entre-temps et tu comprendras mieux : à-quelle-heure-as-tu-découvert-le-corps ? »

Pendant ce temps, Pardini, entré dans l'habitacle, avait avancé le siège et mis le contact. Le véhicule demeura immobile : il patinait dans la boue. Deux autres agents se présentèrent et, à force de pousser, parvinrent à le libérer.

« Aux alentours de quatre heures, j'en suis sûr.

— Dans quelle position se trouvait-il ?

— Il était à l'intérieur de la poubelle, avec la tête qui dépassait. Comme à notre arrivée.

— Je sais, je sais. Tu es allé tout de suite au bar ?

— Pas tout de suite. J'ai d'abord attendu un petit peu pour voir si mes vertiges passaient. En route, j'ai failli bousiller ma voiture, ma belle Micra toute neuve. »

Fusco regarda, dans l'ordre : le garçon, la Clio vert foncé, le garçon, la flaque à ses pieds. Puis, les yeux rivés sur cette dernière, il demanda :

« Quoi ?

— J'ai dit que j'ai attendu un petit peu…

— Stop ! » cria Fusco aux agents. Constatant qu'ils avaient déjà déplacé la voiture, il leva les yeux au ciel, gémit « Meeerde ! » puis lança, furibond, à son interlocuteur : « Tu ne pouvais pas me le dire plus tôt ? ! Je vois une voiture qui a les clefs sur le tableau de bord à l'endroit même où on a retrouvé un cadavre, et je la fais déplacer ! Et tout ça pourquoi ? Parce que personne ne me dit rien ! Bordel de merde, qu'est-ce que tu as dans le crâne ?

— Écoutez, monsieur le commissaire, répliqua le garçon qui semblait sincèrement désolé et un peu effrayé. C'est exactement ce que j'essayais de vous dire quand vous m'avez interrompu. »

Les yeux écarquillés, le commissaire fourra les mains dans ses poches. Il posa sur les membres de l'assemblée le regard le plus féroce qu'il réussit à arborer, puis tourna les talons et s'éloigna en marmonnant de manière audible : « De toute façon, c'est toujours ta faute, Fusco. Eh oui. »

Le garçon contempla le dos du commissaire d'un air qui commençait à trahir un léger manque de confiance en l'État.

Massimo échangea un coup d'œil complice avec le médecin, qui avait retrouvé un semblant de sourire.

« Chaque fois que je le vois en action, je fais toujours une découverte », dit ce dernier.

Puis il se rembrunit.

Par curiosité et par désir de le distraire encore un peu, Massimo lui demanda : « Pourriez-vous avoir la gentillesse de m'expliquer une chose, docteur ? Quand vous dites "depuis au moins deux heures et au plus cinq", c'est pour situer avec certitude l'intervalle pendant lequel la mort a eu lieu ? Et dans ce cas vous avez peut-être une idée précise ? Ou bien un intervalle aussi large a-t-il réellement un sens ? »

Le médecin secoua la tête avant de répondre sans le regarder :

« Pour le moment, c'est comme ça, je ne peux pas en dire plus. D'autres examens seront nécessaires pour arriver à une certitude : on déterminera la courbe de la température axillaire ou rectale, ainsi que le contenu de l'estomac si l'on connaît l'heure précise du repas, et l'on pourra alors gagner en précision. Mais cela dépend du laps de temps qui s'est écoulé depuis. Un décès récent permet d'être très précis. De toute façon… » Le médecin tourna les yeux vers Massimo. « … je suis certain que la petite est morte vers minuit, plus ou moins. Mais je n'en aurai la certitude que plus tard… bref, plus tard. »

Entre-temps Fusco s'était rapproché. D'un geste de la main, il appela le médecin et tout en l'attendant, jeta à Massimo et au garçon : « Vous deux, restez à ma disposition. Je vais devoir vous interroger officiellement. Je vous ferai convoquer en début d'après-midi. »

« Tu dois donc aller chez Fusco subir un interrogatoire ? »

Désormais le bar était vide aussi bien dehors que dedans.

Les clients avaient tous gagné la plage, et l'on ne verrait pas âme qui vive avant dix-huit heures : à leur retour, ils viendraient par groupes de deux ou trois manger une petite *schiacciata*[1] et boire une bière. Puis, de dix-neuf heures jusqu'à ce que cela plaise au Très-Haut, la vie commencerait. Massimo laissa ses pensées errer parmi les scènes qu'il verrait et les visages qu'il saluerait bientôt. Chaque soir affluaient ici des types bodybuildés et des filles au bronzage inimaginable, des Livournais portant un gilet à même la peau et une grosse chaîne en or, des femmes si belles, si lisses et si soignées qu'il ne pouvait s'agir que de putains de luxe. Bref, des gens tous différents mais tous identiques, songeait Massimo, qui avait un peu

1. Sorte de pain plat, obtenu avec de la pâte à pizza, typique de la Toscane, qu'on fourre parfois de charcuteries ou de fromages.

honte de classer des individus aussi intéressants selon le vers d'une chanson de Luis Miguel[1].

Parfois certains visages, certaines attitudes, l'intriguaient tant qu'il avait envie d'entamer la conversation avec leurs propriétaires pour les connaître. Il lui était arrivé de le faire et il avait alors constaté que l'expérience n'en valait pas vraiment la peine.

« La Terre appelle Massimo. Massimo, répondez ! »

Massimo sursauta.

Aldo baissa les mains, qu'il avait placées en mégaphone autour de sa bouche, et approuva d'un signe de tête.

« Oui ?

— Il faut que tu ailles chez Fusco ?

— Oui, dans une demi-heure. Pourquoi ?

— Il n'aurait pas mieux fait de venir ici ? »

Ampelio lui prêta main-forte :

« Oui, il aurait mieux fait. Toi, tu travailles. Il aurait quand même pu venir ici te poser ses deux ou trois questions sans t'infliger l'ennui de te déplacer, nom d'une pipe ! Tu ne crois pas ? »

Massimo sourit en secouant la tête.

« Papy, il doit m'interroger à la caserne, où l'on enregistrera ma déposition. Et puis imagine ce qui se passerait s'il venait ici ? En moins de dix minutes, tout le village apprendrait ce qu'il sait. Ou plutôt, en saurait davantage. Inutile de prendre ces têtes de martyrs.

1. Allusion à une chanson en italien du chanteur mexicain Luis Miguel, *Noi ragazzi di oggi*, dans laquelle il dit : « Nous sommes différents mais tous identiques. »

— Bah… »

Pilade s'était abandonné sur le dossier de sa chaise, signe qu'il allait faire une révélation. Il saisit son paquet de Stop, en tira une cigarette (Comment peut-on fumer une pareille saloperie ? s'interrogeait toujours Massimo) et l'alluma tout en prenant la parole, si bien qu'elle se mit à se balancer au rythme des consonnes.

« Tu sais ce qu'il y a de plus beau ? Ce qu'il y a de plus beau dans toute cette histoire, mon cher Massimo ? C'est que le village en sait déjà plus long que le commissaire. Primo, parce que Fusco est un couillon (les membres de l'assistance acquiescèrent à l'unisson), deuzio, parce que s'il est arrivé quelque chose, au village, à quelqu'un du village, il y a une grande chance pour qu'un habitant connaisse un petit bout de la vérité. Un habitant qui a vu quelque chose et qui en ignore le sens. Fais-moi confiance, Massimo, Fusco devrait venir ici parler à tes clients, aller ensuite chez les petites femmes, puis au marché, et ainsi de suite. Personne ne se rendra directement chez lui, mais en attendant moi, je suis sorti à quatorze heures dix, et ma femme était au téléphone depuis une heure vingt. Bon sang de bonsoir, tu peux être certain qu'à mon retour elle va me faire une tête comme ça, avec ce crime. »

Massimo éclata de rire. Pilade avait raison : le brainstorming des petites vieilles était redoutable, et pas un seul villageois n'échapperait dans les jours à venir aux élucubrations de prétendues Miss Marple occupées à téléphoner à toutes leurs connaissances.

Pourvu qu'elles m'accusent pas, pensa-t-il.

TROIS

« Nom et prénom ?

— Massimo Viviani, c'est-à-dire Viviani Massimo.

— Né ?

— Bien sûr, sinon je ne serais pas ici.

— Voulez-vous bien être assez exhaustif pour me dire aussi où et quand ?

— À Pise, le 5 février 1969.

— Merci. Profession ?

— Barman. »

La mauvaise humeur de Massimo, provoquée par l'obligation de se rendre au commissariat, s'était beaucoup dégradée. Il avait attendu l'Illustrissime Commissaire pendant près d'une heure (dans une pièce sordide à porte vitrée en lui souhaitant d'avoir d'irrépressibles engagements d'ordre intestinal) en compagnie d'une photo d'Azeglio Ciampi, le président de la République, et d'une petite brochure concernant l'utilité et l'importance du métier d'artificier. Après l'avoir lue deux ou trois fois en y cherchant des coquilles (pas une seule, fait rare), il avait allumé une cigarette et laissé vaguer son cerveau. Enfin, un des trois subalternes était venu le chercher et l'avait conduit dans le bureau, hélas vide, de la Plus Haute Autorité, de toute évidence toujours aux cabinets.

L'Illustrissime Commissaire était arrivé au bout de quinze minutes intentionnelles, permettant ainsi à Massimo de mémoriser les détails des uniformes du corps des Carabiniers, de 1890 jusqu'à nos jours, représentés sur un poster qui constituait la seule concession à l'Art de la pièce. Si Fusco l'avait interrogé à ce sujet, il aurait été capable de les décrire à rebours. Or, l'Illustrissime Commissaire baissa ses mains jointes devant son visage, les appuya contre la table et demanda :

« Voulez-vous bien me parler des événements du 12 août au matin ?

— Je me suis levé vers quatre heures. J'ai pris ma voiture et suis arrivé ici, à Pincta, vers cinq heures moins dix.

— Oui, vous habitez en ville. Tonfoni Simone, l'individu qui a trouvé le corps, prétend qu'il est entré dans votre bar à cinq heures dix. Vous confirmez ?

— Oui.

— Selon lui, après être entré, il a téléphoné une première fois au commissariat pour signaler la découverte du cadavre. L'agent qui était de service au standard a pensé qu'il s'agissait d'une plaisanterie et a raccroché. Puis…

— Puis j'ai demandé au garçon de me montrer l'endroit où se trouvait le cadavre. Nous sommes allés au parking, j'ai vu la scène, je suis retourné au bar et…

— Je vous prie de répondre à mes questions et de ne pas m'interrompre, dit l'Illustrissime

Commissaire d'un ton calme. Avez-vous téléphoné au commissariat à cinq heures vingt ?

— Oui.

— Avez-vous regagné avec l'homme le parking aussitôt après votre appel ?

— Oui.

— La scène du crime se présentait-elle comme la première fois, sans aucun changement ?

— Oui.

— Avez-vous attendu l'arrivée des forces de l'ordre sans quitter les lieux ?

— Oui.

— Êtes-vous certain de ce que vous affirmez ?

— Oui.

— Vous ne savez que dire oui ?

— Non. »

Fusco scruta un instant Massimo d'un air bovin, puis abandonna le siège à roulettes qui lui revenait en qualité de commissaire (ne disposant que de simples fauteuils, les agents étaient obligés d'utiliser ce siège, en l'absence de l'Illustrissime Commissaire naturellement, pour s'affronter dans des courses de vitesse, de l'accueil jusqu'aux archives, leur distraction habituelle) et alla se planter devant la fenêtre, les mains dans le dos. Massimo se dit qu'il avait dû répéter cette scène aussi en s'inspirant de Chazz Palminteri dans *Usual Suspects* : il s'amusait vraiment à parodier les policiers américains. Heureux les simples d'esprit, le royaume des cieux et les commissariats terrestres sont à eux, songea-t-il.

Il s'apprêtait à demander l'autorisation d'aller aux toilettes quand Fusco reprit d'un ton moins formel :

« Connaissiez-vous la victime, monsieur Viviani ? »

Massimo s'installa plus confortablement sur sa chaise.

« Je l'ai sans doute vue au bar, mais son visage ne me dit rien. Je sais qu'elle s'appelait Alina Costa et qu'elle vivait dans la maison qui jouxte *Luna Rossa*.

— Qui, à votre avis, la connaissait bien ?

— Qu'est-ce que j'en sais… moi, je l'ignore. Et j'ignore même qui elle fréquentait. Le Dr Carli, qui est un ami de sa mère, la connaissait certainement, ne serait-ce que parce qu'elle était sa fille. Vous feriez mieux de lui poser la question.

— Comment se fait-il que le Dr Carli ait des liens d'amitié avec Mme Costa ?

— Mme Costa était la meilleure amie de sa future épouse du temps de l'université. Mme Carli a imposé à son époux une série de relations abominables nouées avant son mariage, qu'elle lui a fait cultiver ensuite. D'après lui, Arianna Costa est le seul élément potable du cercle que sa femme lui permet de fréquenter.

— Pourquoi ? Je veux dire pourquoi Mme Carli est-elle aussi… »

Comme le commissaire ne trouvait pas ses mots, Massimo lui souffla gentiment :

« Snob ? Hautaine ? Casse-couilles ?

— Les trois conviennent. Bref, pourquoi ? »

Massimo poussa un long et éloquent soupir. Il se sentait compétent en la matière : depuis le jour où il avait embrassé la profession de barman sur la côte, il avait approfondi des milliers de fois ce sujet.

« Quand ils ont fait connaissance, sa femme était richissime alors que, sans être pauvre, il ne possédait lui-même pas grand-chose. Par conséquent, ils avaient des habitudes différentes, des vacances différentes, des amis différents. Mais si le Dr Carli n'a jamais songé à emmener sa femme voir des matchs de la coupe UEFA chez ses copains, elle a vite commencé, elle, à l'introduire dans son milieu. Elle l'emmenait au Rotary, elle l'emmenait aux régates, elle l'emmenait à Forte dei Marmi et ainsi de suite. Et quand ses amis à lui téléphonaient, elle ne les lui passait pas. Cela fait un peu société victorienne, mais c'est comme ça. Elle ne tolère aucune intrusion dans son monde doré. »

Entre-temps, Fusco s'était retourné et appuyé contre le rebord de la fenêtre.

« Et il la laisse faire ? »

Massimo s'adossa et balança légèrement ses jambes avant de répondre :

« Ce n'est sans doute pas aussi désagréable que ça le paraît. Il dit qu'il a l'impression de vivre dans un roman de Woodehouse, bourré de personnages qui ne fichent rien du matin au soir et qui conservent leur cervelle dans la saumure de peur qu'elle ne s'abîme, étant donné qu'ils n'en ont pas beaucoup. Il est normal qu'il se soit allié avec Arianna Costa : elle est le seul membre du cercle de sa femme à utiliser son cerveau sans qu'il soit nécessaire de lui infliger des tortures. Snob, mais intelligente. »

Fusco se redressa. De toute évidence, l'entretien touchait à sa fin.

Heureusement, pensa Massimo. Si je ne file pas aux toilettes, je vais me pisser dessus.

« En conclusion, vous ne pouvez rien me dire au sujet de la victime. »

Comme ce n'était pas une question, Massimo garda le silence. Sentant sa vessie proche de la déflagration, il n'attendait qu'une seule chose : le moment de partir. Aussi se leva-t-il et se dirigea-t-il vers la sortie. Dans un élan de gentillesse, Fusco le précéda et lui ouvrit la porte.

« Je vous en prie. Il importerait de tout savoir sur la victime. »

Massimo se figea sur le seuil et feignit de méditer les paroles du commissaire en hochant lentement la tête. Il faisait mine de s'en aller quand l'homme le retint une nouvelle fois :

« Souvent, c'est par la connaissance de la victime qu'on remonte à son assassin.

— Oui, je crois. Bon, alors je peux…

— Je vais vous confier un secret. Mais essayez de le garder pour vous, j'insiste. »

Résigné, Massimo s'adossa au montant de la porte.

« Ça commence à être dur. Non, excusez-moi, je pensais à autre chose. Je vous écoute.

— Hier, la fille avait un rendez-vous auquel elle ne s'est pas présentée. Environ deux heures avant d'être tuée. Il faudrait découvrir où elle était. Si vous recueillez des informations à ce sujet, venez aussitôt me les rapporter sans rien dire à personne. N'importe quel détail pourrait se révéler important. Au revoir, monsieur Viviani. »

Une fois sorti du commissariat, Massimo se dirigea vers le centre du village, où se trouvait son bar.

« Si la fille ne s'est pas présentée à son rendez-vous, pensa-t-il, de deux choses l'une : soit elle est allée à l'endroit où on l'a tuée. Soit... eh bien, soit elle était déjà morte à ce moment-là. Non, l'heure de la mort ne coïncide pas. Pourtant il doit bien y avoir une autre possibilité. L'individu qui prétend avoir eu rendez-vous avec elle mentait peut-être. Et pourquoi ? Pour couvrir quelqu'un ? Ou pour se fabriquer un alibi ? De toute façon, je ne comprends rien à ces histoires », se dit-il.

C'est alors qu'une femme lui lança un regard intrigué en le croisant, et il se rendit compte qu'il réfléchissait à voix haute.

Cela lui arrivait souvent : il avait pris cette habitude à l'époque où il préparait ses examens, à l'université. Il imaginait que le professeur lui faisait face et il lui parlait avec assez de réalisme pour échanger avec lui, par exemple, des commentaires sur le temps. Ce subterfuge lui permettait de formuler des concepts avec plus de clarté, comme s'il obligeait son raisonnement à adopter la vitesse adéquate. Mais il n'aimait pas être surpris dans cet exercice, aussi s'efforça-t-il de chasser toute pensée de son esprit jusqu'au bar.

Les derniers clients ne partirent qu'après deux heures, alors que Massimo avait commencé à empoigner les chaises et à les retourner sur les tables en comptant tout haut. Au fond, il fallait s'y attendre : quand un crime se produit pendant l'été dans une station balnéaire, tout le monde en parle. Et quand on se trouve, par surcroît, dans le bar dont le propriétaire a découvert le cadavre, c'est la fête. De temps en temps, un individu persuadé à tort d'avoir une idée originale haussait le ton pour couvrir les voix du groupe de débauchés auquel il appartenait et hurlait :

« Hé, les mecs, vous savez que c'est Massimo qui a retrouvé le cadavre, ce matin ? Et si tu nous racontais comment ça s'est passé ? Alleeez… »

Il l'avait raconté à une dizaine de reprises en ajoutant chaque fois de nouveaux détails : au moins, cela lui permettait de tromper l'ennui.

« Massimo, si tu veux, je prendrai mon service demain matin, comme ça tu pourras dormir un peu. Je m'en irai à midi et reviendrai entre dix-huit heures et dix-huit heures trente. D'accord ? »

Tiziana, qui aidait Massimo au comptoir, finissait de balayer, tandis qu'il s'employait à jeter les biscuits d'apéritif qui restaient de la soirée. Grande, de belle allure, les cheveux blond vénitien, comme son prénom l'indiquait[1], elle avait été engagée parce qu'elle possédait deux qualités importantes pour travailler dans un bar. Primo, elle n'était pas empotée. Deuzio, elle avait des seins magnifiques, qu'elle dissimulait sans grand succès sous des tee-shirts moulants ou des chemisettes nouées et non boutonnées. Désormais Massimo y était habitué mais, les premiers temps, il n'était pas rare que son regard fût attiré par sa poitrine, comme par un aimant, pendant qu'elle lui parlait, l'air de rien. Par chance, cela la faisait rire. Quant aux clients, ils appréciaient inconditionnellement sa présence, même si Francesca Ferrucci, la propriétaire du tabac d'en face, avait déclaré un jour qu'il était

1. Allusion au Titien, peintre vénitien (Tiziano en italien).

injuste que le spectacle réservé au public féminin, derrière le comptoir, ne soit pas à la hauteur de celui auquel avait droit le public masculin. Pour se venger, Massimo lui avait servi durant un certain temps un café imbuvable.

« Merci, Tiziana, c'est parfait. Je ne suis pas très fatigué, mais je préfère faire la grasse matinée demain. Tu ne sors pas avec Marchino ce soir ? »

Une gaffe, comme il le comprit à la vigueur que Tiziana imprima à ses gestes.

« Des problèmes ?

— Un tas.

— Je suis désolé.

— T'inquiète pas. C'est toujours la même histoire. À propos, j'oubliais. Cet après-midi, Okay t'a demandé pendant ton absence. Il a dit que c'était important, qu'il reviendrait demain. »

« La même histoire » était vraiment la même histoire : comme de nombreuses filles après un certain âge, Tiziana voulait se marier. Or, chaque fois qu'elle abordait la question, Marchino, son amant, changeait de sujet de conversation comme de nombreux garçons. Quand l'un des deux insistait, ils se disputaient et s'ignoraient pendant une demi-journée. Puis ça leur passait.

« Okay ? C'est bizarre. Il ne demande jamais rien. Qu'est-ce qu'il peut bien vouloir ? Bon, on verra. Bonne nuit.

— Bonne nuit. »

QUATRE

Le réveil. C'est le réveil ? Bordel. Bon, je me lève. Alors, mes pantoufles. Où sont mes pantoufles ? Hé, pantouuufles… Ah, tant mieux. Putain, j'ai un mauvais goût dans la bouche, comme si j'avais avalé un kilo de poussière. Du café. Heureusement que le café existe. Qui est le petit malin qui a inventé le café ? Sans doute le cousin du génie qui a inventé le lit. Ils méritent tous deux le prix Nobel, je vous en donnerais du Dario Fo[1]… Prix Nobel aussi à l'inventeur du Nutella. On devrait les mettre à l'église, à la place de la statue de San Gaspare. Au moins, on verrait un peu plus de dévotion sincère. Allez, une douche et on y va !

Bien réveillé par sa douche, Massimo ouvrit la porte vitrée et pénétra dans le bar. Dehors, sur la terrasse, il n'avait vu ni son grand-père ni les trois autres mousquetaires.

Il y avait une explication à ça : ils étaient à l'intérieur. De toute évidence, ils l'attendaient avec

1. Prix Nobel de littérature en 1997.

impatience. À la table voisine se tenait, les deux coudes appuyés sur le bord, un homme à l'aspect dévasté. Entièrement chauve, à l'exception de quelques cheveux qui lui descendaient jusqu'aux épaules, barbu, il portait une doudoune noire et un pantalon malgré la chaleur. Il n'avait qu'un doigt – le pouce – à la main droite, et avait refermé la gauche sur une tasse de café qu'il scrutait d'un air soupçonneux, à croire qu'il se demandait s'il n'était pas dangereux d'avaler une boisson sans alcool, l'estomac vide, de bon matin.

« Bonjour à tous ! lança Massimo.

— Bien réveillé, petiot ? répondit Ampelio. Saperlipopette, ça fait deux heures qu'on t'attend ! Je parie que tu t'agrippais à ton oreiller de peur qu'on te le fauche. »

Massimo se glissa derrière le comptoir. « Bonjour, Okay, dit-il. Tu voulais me voir ? C'est important ? »

Une évidence : Okay était tellement renfermé sur lui-même qu'il pouvait s'écouler plusieurs jours avant qu'il songe à adresser la parole à quelqu'un. Fils d'un pêcheur et d'une femme de pêcheur (ce qui est un métier, et pas des plus reposants), Remo Carlini avait été un gamin pacifique et curieux qui consacrait son temps à apprendre les secrets de la nature. De nombreuses questions lui montaient alors à l'esprit, du style : « Combien de temps ce lézard mettra-t-il à mourir quand je lui aurai coupé la tête ? », « Pourquoi les chats ne tombent-ils pas debout quand on attache un poids à leur queue ? » et « Qu'est-ce qui va se passer si je ramasse cet objet métallique en forme de cône ? » La réponse à cette dernière question – parfois l'objet vous explose dans la main – l'avait privé de quatre doigts, et la mort de ses parents, quelques années plus tard, du vivre et du couvert. C'est ainsi que Remo Carlini, dit « Okay » car, avec son seul pouce, sa main droite semblait faire le geste typique des films américains des années 1960 qui signifie « tout va bien », était l'unique sans-abri de Pineta. Il mangeait ce qu'il trouvait dans les poubelles, en particulier celles des restaurants, et se payait parfois un verre avec des pièces ramassées par terre. Il ne mendiait pas et ne fréquentait personne, à l'exception de deux ou trois amis d'enfance.

Quand il avait ouvert son bar, Massimo s'était demandé comment contribuer à le nourrir puisque, lui avait-on dit, il n'acceptait rien et qu'il était quasiment impossible d'échanger quelques mots avec lui. Il avait fini par disposer sur un plateau les sandwiches restants de la journée, d'empaqueter le tout avec soin et de le placer sur le couvercle de la poubelle. C'était devenu une habitude, et depuis, Okay le saluait silencieusement en feignant d'ôter un chapeau lorsqu'il le croisait dans la rue. Ce devait donc être la quatrième ou cinquième fois, en l'espace de trois ans, qu'il lui adressait la parole.

« Pour être important, c'est important, parbleu ! La gosse dans la *boîte à déchets*, hein ? On l'y a fourrée après.

— Qu'est-ce que tu veux dire par là ? Après quoi ? interrogea Massimo qui avait grand-peine à comprendre le langage imagé du clochard.

— Écoute. Et ouvre tout grands tes *cornets à son*, hein. La gosse qui est morte, c'est toi qui l'as trouvée, pas vrai ?

— C'est vrai.

— Bon. Tu l'as trouvée à cinq heures et quart, pas vrai ? C'est ce que m'a dit Ampelio. Mais hier, c'était samedi, et en général le samedi les restaurants ne jettent rien. Alors, moi, le soir, j'avais une faim de loup. J'ai fouillé toutes les *boîtes à déchets* et, comme je n'ai rien trouvé, je suis allé à la pinède, à l'endroit des *bouffes en plein air*. Là aussi, zéro. Rien de rien. Rien, pigé ? Ni mangeaille, ni gosse. Pigé ? »

Pigé, pigé, pensa Massimo.

« Alors, salut ! Avertis la police et le couillon qui voulait m'arrêter pour vagabondage l'an dernier. »

C'est donc ça qui t'amenait, songea Massimo qui se rappelait maintenant pourquoi Okay ne faisait pas confiance au commissaire.

« Attends. Quelle heure était-il ?

— Ah ! Quatre heures et demie.

— À quelle montre ? demanda Del Tacca, soupçonneux. À ta Rolex en or ?

— Non. Celle-là, c'est ta putain de mère qui me l'a offerte, et je la conserve à la banque parce que j'y tiens, répliqua l'homme, impassible. Je l'ai vue sur la montre de la discothèque, l'horloge verte qui clignote. On la voit de partout. »

Il avala son café d'un trait, se leva et quitta le bar avec son aplomb habituel.

« C'est vrai, dit Aldo, l'horloge laser de l'*Imperiale*. On la voit aussi depuis la plage. Donc, récapitulons : la fille est tuée entre minuit et trois heures, c'est ça ?

— C'est ça, répondit Massimo avant de lancer : Bonjour, docteur !

— Bonjour. »

Le médecin referma la porte que Okay avait laissée ouverte, adressa un signe de salut aux quatre visages concentrés sur les journaux, se dirigea vers le bar et s'assit sur un tabouret.

« Un apéritif sucré, s'il te plaît.

— Non.

— Quoi ?

— Non, pas d'apéritif. C'est une aberration mentale, à l'heure du déjeuner. Quand on boit de l'alcool l'estomac vide, on ressort du bar abruti et, en passant des vingt-cinq degrés de l'air conditionné aux quarante degrés du trottoir, on accuse le coup et on s'effondre. Et puis, vous êtes médecin. »

Le Dr Carli posa sur Massimo un regard intrigué et décida de se prêter au jeu.

« Alors que me conseillez-vous, maître ?

— Au déjeuner, rien. Au dîner, du mousseux ou du champagne.

— Un mousseux doux ? »

Massimo porta la main à sa poitrine et simula un léger infarctus. Alors, affichant une certaine inquiétude, le médecin se rapprocha et demanda :

« Pourquoi pas ? C'est devenu illégal ?

— Mais non. Le mousseux doux ne s'utilise pas à l'apéritif. Sans compter que, l'asti excepté, ce genre de vins est traître. Il vous en faut un qui titille le palais, et non qui le tue. C'est le cas des bons bruts, non des pétillants sucrés. »

Le médecin parut évaluer cette explication avec gravité, puis se résigna à commander un verre d'eau minérale. Il semblait plus détendu que le matin où il avait découvert le cadavre : le pire était, pour lui, probablement passé. L'air de rien, il jeta un regard circulaire et alla se placer derrière

Ampelio qui, ayant ouvert le journal au hasard, fixait un article sur les supernovas.

« Massimo s'y connaît plutôt en vins, n'est-ce pas ? lança-t-il. Presque autant que monsieur Griffa.

— Presque, en convint Aldo, sérieux.

— Moi, je ne suis pas connaisseur, reprit le médecin, mais je n'ai besoin de personne pour deviner de quoi vous parliez. Ce n'est tout de même pas un péché. Il n'est pas nécessaire de vous interrompre à mon arrivée. Qu'est-ce que vous croyez ? Que j'irai rapporter vos conversations à Fusco ?

— D'accord, vous nous avez démasqués. Y a-t-il du nouveau, docteur ? interrogea Massimo.

— Qu'est-ce qui te fait croire que je suis dans le secret ? Ce n'est pas à moi que Okay a parlé. »

Bordel, comment font les gens pour être au courant de tout ce qui se passe ? pensa Massimo. À croire qu'ils possèdent un récepteur satellitaire…

« Écoutez, on va vous dire ce que Okay nous a raconté…

— Ça me paraît juste, et moi je vous dirai ce que m'a raconté Fusco. »

Quatre cous éprouvés par les ans se tendirent vers le comptoir.

« C'est pas vrai ! répliqua Ampelio. Il a trouvé un indice ?

— Mais gardez ça pour vous le plus possible, j'insiste. »

« C'est ça, ouais ! » répondirent les quatre visages. Celui de Massimo s'efforçait d'afficher la plus grande dignité. L'important, quand on cancane, c'est de conserver une façade. Le divulgateur doit exiger le secret absolu, et les membres de l'assistance doivent le lui accorder. Après quoi, ils feront galoper la nouvelle partout. Ce n'est qu'une question de temps. Quand on dit « gardez ça pour vous le plus possible », cela ne signifie pas « dites-le à peu de gens », mais « résistez le plus que vous pourrez avant d'exploser, ainsi les traces qui remonteront jusqu'à moi seront plus difficiles à suivre ».

« Fusco a fait fouiller la poubelle et y a trouvé le téléphone portable d'Alina. Il a pu lire les SMS qu'il contenait et…

— … et il a découvert qu'elle avait un rendez-vous », acheva Massimo.

Le médecin leva le sourcil.

Comme un ballet de périscopes, le reste du chœur tourna le cou en direction du barman qui avait gagné l'autre extrémité du comptoir afin de couper en tranches les *focaccie*[1] pour le déjeuner.

« Fusco me l'a annoncé l'autre jour, après m'avoir interrogé, expliqua Massimo.

— Nom de Dieu, rien de nouveau, déclarèrent les visages des petits vieux. Hoooonte à toi !

— Mais j'ignore avec qui, conclut Massimo. Il ne me l'a pas révélé.

— J'y viens, affirma le médecin. De toute façon, le commissaire a découvert qu'elle avait envoyé trois messages : un à une fille et deux à un garçon. Elle en a reçu quatre, tous du garçon. De plus, elle a parlé pour la dernière fois au téléphone avec la fille.

1. La *focaccia*, comme la *schiacciata*, est un pain de forme plate qui ressemble à la pizza, dont l'équivalent en France est la fougasse provençale. On l'utilise parfois comme base de sandwiches.

— Et qu'est-ce que disaient ces SMS ?

— Pour commencer, c'est quoi, ces putains de hessaimesses ? lança Ampelio qui avait l'impression de rater le plus important.

— Les SMS, répondit le Dr Carli, sont des messages écrits qu'on envoie avec des téléphones portables, des ordinateurs ou, éventuellement, des téléphones fixes quand on possède l'appareil adéquat. Les jeunes les utilisent beaucoup car ils sont moins onéreux que les appels. Et puis c'est la mode. »

Ampelio fit un geste méprisant du menton et rugit :

« Une bien belle époque, nom de nom ! Heureusement, de mon temps, c'est la baise qui était à la mode… »

Ignorant les réminiscences de son voisin, le médecin poursuivit : « Quoi qu'il en soit, Alina annonçait à l'autre fille, dans le premier des trois messages, qu'elle irait peut-être dîner avec un type. Dans le deuxième, elle demandait au garçon s'il était libre à dîner et lui disait qu'ils devaient se parler. Dans le troisième, elle invitait ce même garçon à venir la chercher à vingt-deux heures chez ses parents absents. De fait, Arianna et son mari assistaient à la même soirée que moi. Nous avons passé un moment à faire les pique-assiettes chez le marquis et la marquise Calvelli.

— Et les messages reçus ? interrogea Massimo qui imaginait le médecin, vêtu d'un smoking, en train de sourire à la vieille marquise Ermenegilda Calvelli-Sturani et de murmurer dans sa barbe "j'espère que tu vas vite nous faire un beau caca" tout en lui baisant la main.

— Ils viennent tous les quatre du garçon. Dans le premier, il lui confirme le rendez-vous. Dans le deuxième, il lui annonce qu'il est devant chez elle. Il lui demande dans le troisième ce qu'elle est devenue et lui dit d'aller se faire pendre dans le quatrième. Prophétique. »

Le médecin tira une cigarette de son paquet. Il l'alluma et garda le silence un moment. Personne n'osa prendre la parole.

« Entre-temps, elle a passé un coup de fil à sa copine. Copine que Fusco interroge en ce moment même. Bon, il faut que j'aille à la morgue. Tant que j'y suis, je pourrais déjeuner ici. Ma femme ne m'attend pas aujourd'hui.

— Où l'as-tu laissée ? Dans les bras de son amant ? demanda Del Tacca, l'air guilleret.

— À Saturnia, à l'institut de beauté de l'établissement thermal. Elle y va tous les trois à quatre mois faire je ne sais quoi. Mais en général elle est mieux à son retour, plus reposée et plus calme. »

Et toi aussi, tu es plus calme, mais tu as honte de l'admettre, songea Massimo, qui, pour sa part, n'avait pas connu ce genre de problèmes avec son ex : elle lui laissait la bride sur le cou, à condition qu'il ne la cocufie pas. Elle s'en était elle-même chargée, la cochonne.

« C'est parce qu'elle ne te voit pas pendant une semaine, répliqua Del Tacca, toujours aussi gai. Quand elle revient, elle déprime à ta vue. Certaines choses font cet effet-là à ce genre de beautés. Nom d'un chien ! Je me demande bien pourquoi elle s'obstine à rentrer.

— Je ne sais pas. Je me contente d'apprécier. Massimo, si tu me préparais une petite *focaccia* ?

— Un instant. Je dois d'abord passer un ou deux coups de fil. »

Massimo gagna l'arrière-boutique, décrocha le téléphone mural et composa le numéro du commissariat. Une voix à l'accent sicilien lui répondit :

« Commissariat de Pineta, bonjour.

— Bonjour. Ici, Massimo Viviani. Je voudrais parler à l'Illustrissime Commissaire Fusco. »

L'expression moqueuse lui avait échappé. Par chance, le standardiste la reprit à son compte :

« L'Illustrissime Commissaire mène en ce moment même l'interrogatoire d'un individu possédant des informations au sujet de l'affaire Costa. Souhaitez-vous que j'avertisse monsieur le commissaire sur-le-champ ?

— Oui, je vous prie, répondit-il avant d'ajouter pour ne pas être en reste en matière de langage bureaucratique : Faites le nécessaire incontinent. »

Un court silence s'ensuivit, puis Fusco déclara sur un ton de conspirateur :

« Je vous écoute.

— Bonjour, commissaire. Je dois vous parler. Ce matin, un client m'a fourni un renseignement qui pourrait se révéler important… »

Le commissaire l'interrompit brusquement :

« À propos de l'affaire ?

— Oui. Eh bien…

— Pas un mot au téléphone. Venez immédiatement ! »

Il raccrocha, apparemment surexcité.

Je me demande qui il a devant lui, pensa Massimo, lequel avait toutefois une petite idée : comme, d'après le Dr Carli, il interrogeait un peu plus tôt l'amie de la victime, il devait probablement entendre à présent le garçon auquel cette même victime avait envoyé des messages.

Il appela Tiziana sur son portable. En vain : elle dormait sans doute et n'entendait pas la sonnerie. Et maintenant ? Il ne pouvait pas abandonner le bar comme ça, et, pour fermer, il lui fallait flanquer les papys à la porte. Il rebroussa chemin et apostropha Aldo :

« Aldo, Fusco me somme de le rejoindre tout de suite au commissariat. À quelle heure, plus ou moins, dois-tu aller au restaurant ?

— Vers dix-huit heures. Tu veux que je m'occupe du bar ?

— Très bien. Tu sais où je range tout. Je serai de retour dans une petite heure, deux au maximum. Ne sers pas systématiquement papy, je ne veux pas qu'il tombe malade. Et empêche-le, je dis bien, empêche-le d'approcher des crèmes glacées.

— Ne t'inquiète pas.

— Merci. À tout à l'heure. »

Le médecin s'exclama alors : « Pas question ! Et ma *focaccia* ?

— Ah oui, bien sûr ! Je m'en occupe avant de partir. *Bresaola*, citron, courgettes grillées, aneth.

— Ça me paraît bien. D'accord.

— *C'est* bien, ayez confiance. De toute façon, c'est ce que je comptais vous préparer, que cela vous plaise ou non. »

Tandis que Massimo coupait la viande séchée en tranches, Rimediotti lança :

« La voiture, on sait à qui elle appartient ?

— Oui, à Alina. Elle s'est enlisée dans la boue près de la poubelle. De toute évidence, l'assassin n'a pas voulu s'attarder. Il est reparti à pied à travers la pinède ou par la route.

— Quel modèle était-ce ? Une Clio verte ?

— Oui, une Clio neuve. Comme la mienne. Arianna, qui voulait acheter à la petite une voiture sûre, m'avait demandé comment je trouvais la mienne. Je lui avais dit que j'étais satisfait et elle avait pris le même modèle. Il y a trois mois de ça. On dirait que c'était il y a un siècle.

— L'autopsie a été faite ? »

Le médecin toisa Pilade avant d'acquiescer lentement.

« Je viens de la terminer. Je ne peux rien vous dire. Merci, Massimo, dit-il en s'emparant du sandwich. Je voudrais aussi un thé glacé, s'il te plaît.

— Servez-vous donc. Je vais téléphoner à mon employée. »

Le portable de Tiziana ne répondait toujours pas. Il essaya sur le fixe. À la sixième sonnerie, une voix s'éleva :

« Salut, ici Tiziana. Je ne suis pas chez moi, laissez un message et je vous rappellerai.

— Ici, ton employeur, Viviani Massimo. Des engagements incompressibles envers la société civile m'éloignent de mon établissement. Viens dès que possible. Je te paierai en heures sup jusqu'à dix-huit heures. »

Il revint chercher son portefeuille et désigna la moitié de *focaccia* dans l'assiette.

« Vous n'aimez pas ?

— Si, c'est bon. Mais j'ai l'estomac noué.

— Vous êtes inquiet ? »

Le médecin lança à Massimo le même regard bovin, puis opina du bonnet une nouvelle fois. Quelle question à la con ! Qu'est-ce qui m'a pris ? songea le garçon, qui ouvrit la porte et franchit le seuil sans dire au revoir.

RACINE DE VINGT-CINQ

Bordel. On étouffe. Non mais, je te jure ! À cause de Fusco, ce casse-couilles, je vais me payer une méga insolation. Qu'il aille se faire voir ! Et qu'il emmène sa mère, cette vieille marmite cabossée et sans poignées !

Voilà toutes les pensées que Massimo, en route pour le commissariat, était capable d'élaborer.

Pour profiter de l'ombre, il passa par la pinède, ce qui allongea un peu le trajet. Il prit machinalement une cigarette avant de se dire que la chaleur l'empêcherait de la savourer. Il la remit donc dans le paquet et continua son chemin.

Tout en marchant il énumérait, songeur, les déchets dont le sol de la pinède était jonché :

« Carton de Coca… emballage de sandwich… tiens, c'est le mien… braves petits… stylo… pochette de préservatifs… comment peuvent-ils… à leur place, j'aurais la trouille… avoir les fesses transpercées par les aiguilles de pin, c'est douloureux… restes de *rigatoni*… rien de pire… des *rigatoni* sauce tomate au bord de la mer, putain… et dire que certains s'amènent avec de la soupe de poisson et des assiettes en porcelaine… et du vin…

ah, les Florentins… c'est le pompon… comme s'ils devaient organiser un siège, ils n'oublient rien… pain, jambon, palmes et lunettes, crocodile en plastique "pour le petiot", des tonnes de bouffe… normal qu'il s'en noie dix chaque année… ce qu'il y a d'étonnant, c'est qu'ils ne meurent pas de congestion directement dans la pinède… ici, au moins, personne ne m'entend si je parle tout seul… »

Malgré tout, il se tut.

Une fois la pinède traversée, il n'avait eu à parcourir qu'une centaine de mètres jusqu'au commissariat, cependant cela avait largement suffi pour qu'il s'y présente en nage. Massimo ne supportait pas cette idée : la transpiration le mettait mal à l'aise.

Il pénétra dans le commissariat, s'assit sur une banquette et étendit les jambes en se résignant à patienter.

Mais – ô surprise ! – Fusco sortit aussitôt de son bureau et l'invita à y entrer. Dans la pièce se trouvaient – de toute évidence, sur la sellette – une adolescente d'environ dix-sept ans qui, à en juger par son débardeur vert, dont la fonction essentielle consistait à mettre ses seins en valeur, et par sa jupe microscopique orange, aurait pu être la petite-fille de Cher, ainsi qu'un garçon un peu plus âgé.

De taille moyenne, si bronzé que ses dents paraissaient par contraste fluorescentes, le garçon en question semblait veiller depuis des heures. Malgré la climatisation, il transpirait à grosses gouttes, tout comme la fille dont les yeux rouges indiquaient qu'elle pleurait encore quelques instants plus tôt.

Le commissaire – quant à lui, parfaitement à l'aise – s'assit et fit signe à Massimo de l'imiter.

« Bien, mademoiselle, cela me suffit pour l'instant. L'agent Pardini va vous demander de lui dicter votre déposition et de la signer. Je vous prie de ne pas quitter Pineta, je pourrais avoir besoin de vous reparler. Quand comptez-vous rentrer chez vous, mademoiselle Messa ? »

La fille renifla et répondit : « Je ne sais pas, dans une semaine, je crois... mais, si c'est nécessaire, je peux rester tout l'été, je... tout ce que je peux faire... » et elle fondit silencieusement en pleurs. Le garçon évitait de la regarder. On aurait dit qu'il s'efforçait de ravaler ses larmes, mais, plus que chagriné, il avait l'air effrayé. Et pour cause, songea Massimo.

Parvenant enfin à se maîtriser, la petite lança un regard interrogateur à son acolyte, qui fit un geste spasmodique de la main signifiant que tout allait bien. Alors, toujours par signes, elle lui indiqua qu'elle l'attendait. Il secoua la tête et leva la main en guise d'au revoir dans une tentative maladroite de la rassurer.

Massimo, qui commençait à se sentir mal à l'aise, s'apprêtait à dire qu'il reviendrait plus tard, quand le commissaire l'invita à rester où il était. Il convoqua l'agent Pardini qu'il pria d'accompagner la jeune fille, puis, se levant, murmura :

« Du nouveau ?

— Okay est passé ce matin et m'a fourni un élément important, à mon avis.

— Quoi ?

— Quand il est allé fouiller dans la poubelle à quatre heures et demie du matin, pour se mettre quelque chose sous la dent, la fille n'y était pas encore.

— Ah ! Quatre heures et demie. Comment peut-il en être aussi certain ?

— Il a vu l'horloge laser.

— L'horloge laser ?

— Oui, celle de l'*Imperiale.*

— Bizarre. »

Fusco se rassit et se mit à tambouriner sur la table avec un crayon. « Très bizarre. En d'autres termes, la fille y a été fourrée entre quatre heures et demie et cinq heures. Un laps de temps plutôt restreint. Et ce n'est pas tout. Comme elle a été tuée entre minuit et une heure, d'après le rapport médical, très précis, le meurtre a de toute évidence été commis à quatre ou cinq heures de voiture d'ici. Ce qui signifie : dans toute la Toscane, l'Ombrie, la Ligurie et une partie de Latium. »

C'est ça, à tes souhaits ! pensa Massimo. En admettant qu'on roule dans une Trabant d'occasion tirant une caravane bourrée de pierres…

« Bien, poursuivit l'Illustrissime Commissaire. Je vous remercie et vous laisse retourner à vos occupations. Mais allez d'abord voir l'agent Tonfoni et signez votre déposition. Vous avez oublié l'autre jour. Bon après-midi. »

Dehors, l'air brûlant habituel attendait Massimo. Tout comme la fille, qui le rejoignit, les yeux secs, alors qu'il s'élançait vers la pinède, en quête de fraîcheur.

« Pardon, je peux vous poser une question ? dit-elle.

— Je vous en prie. »

Il ralentit le pas, ce qui ne la dispensa pas de courir pour éviter de se laisser distancer. Il fut frappé par la facilité avec laquelle elle se déplaçait, juchée sur ses talons hauts. Sous son apparence de gamine, elle avait l'allure et le port d'un mannequin, et ce, beaucoup plus que les potiches de vingt-cinq ans qui consommaient l'air et les chips du *BarLume* à l'heure de l'apéritif. L'ex-femme de Massimo, la cochonne, ne savait pas marcher sur des talons. Un jour, pour aller au théâtre, elle avait acheté une paire d'escarpins : « Si tu voyais comme ils vont bien avec mon tailleur rose à veste échancrée », avait-elle annoncé, mais l'indiscutable élégance de l'ensemble avait été gâchée par une démarche saccadée évoquant une voiture à changement de vitesse manuel conduite par un Américain.

« Vous, euh… le commissaire là-dedans… vous le connaissez bien ?

— Pas tellement, répondit Massimo. Il fréquente mon bar.

— Quel genre c'est ?

— Bah… »

Les prunelles vertes de la fille étaient violemment soulignées par son maquillage, qui avait coulé partout à cause des larmes, comme si elles avaient fondu à la chaleur.

Massimo choisit la sincérité :

« Pour tout dire, il est un peu couillon. »

Ils venaient d'entrer dans la pinède. La fille baissa les yeux, puis, se tournant sur le côté, s'immobilisa et se remit à pleurer en silence. Très gêné, Massimo jeta un regard circulaire : il avisa un banc et l'y conduisit en espérant qu'elle arrêterait vite. Puis il tira une cigarette de son paquet et l'alluma pour se donner une contenance.

La fille renifla et prononça une phrase qui se terminait par « uno ».

« Pardon ? interrogea Massimo.

— Il en veut à Bruno.

— Le garçon qui est au commissariat ?

— Ils devaient sortir ensemble, hier. »

Un instant, Massimo s'amusa à imaginer Fusco, muni d'un gros bouquet de fleurs, attendant avec impatience le garçon devant un restaurant. Puis il retourna à la réalité.

« Vous ne me donneriez pas une cigarette ? lança la fille.

— Si, bien sûr. » Il la lui tendit. « Je t'en prie, tu peux me tutoyer.

— D'accord. » Elle esquissa un sourire.

« Comment sais-tu qu'Alina et ton copain devaient sortir ensemble ?

— Ce n'est pas mon copain. C'est mon frère. » Bouffée de cigarette, pause. « Hier, Alina m'a téléphoné et m'a annoncé qu'elle dînait avec quelqu'un. Je lui ai demandé si c'était son mec, et elle a répondu "d'une certaine façon...". J'ai voulu savoir si je le connaissais, et elle a dit que non, je ne le connaissais absolument pas. »

Elle avait cessé de pleurer, mais pas de renifler. Elle s'empara d'un mouchoir en papier, s'y moucha et le jeta d'un geste qui dénotait une certaine habitude.

Massimo gardait le silence. Il se répétait en son for intérieur : « Ce-ne-sont-pas-tes-oignons-ce-ne-sont-pas-tes-oignons... » pour résister à la tentation. Il se demandait maintenant ce qu'il venait faire dans cette histoire et pourquoi elle l'intriguait autant.

À force de côtoyer les papys, je suis devenu une vieille commère, songea-t-il. Allez, Massimo, ne te mêle pas de ce qui ne te regarde pas, retourne à ton bar, il y a du boulot.

« Dans ce cas, pourquoi penses-tu qu'il s'agissait de ton frère ? » finit-il par dire, tandis que se présentait à son esprit l'image improbable, mais adéquate, d'un tableau d'affichage de stade barré de l'inscription lumineuse « Tentation F.C. 3672 – Massimo 0 ».

La petite branla lentement du chef.

« Hier soir, Bruno a reçu un SMS d'Alina. Les mots “À vingt-deux heures devant chez moi ?” suivis d'un smile. Je le sais parce que je l'ai lu.

— Ton frère te l'a montré ?

— Non, je l'ai lu en cachette pendant qu'il était aux toilettes. Je sais, ce n'est pas bien, mais je… » Elle s'interrompit puis, plongeant les yeux dans ceux de Massimo, déclara avec une subite franchise : « Je ne voulais pas qu'il sorte avec elle. »

Ah ! pensa Massimo.

« Excuse-moi, dit-il, je ne veux pas me mêler de ce qui ne me regarde pas (“Faux !” clignotait l'inscription lumineuse), mais pourquoi ? »

La petite s'apprêtait à répondre quand apparut dans la clairière, annoncée par un bruissement de feuilles, une quinquagénaire aussi grasse qu'un lutteur de sumo tenant un yorkshire en laisse. Elle se planta, hors d'haleine, près d'un arbre et dévisagea Massimo avec une expression des plus aigres qui signifiait probablement : « Regardez-moi ça, c'est infect, il doit avoir vingt ans de plus qu'elle. »

La fille proposa : « Si on allait ailleurs ? »

Au même moment, l'avorton de chien produisit un pipi ridicule sur un buisson d'où Massimo imagina que jaillissait un dogue qui l'attrapait et l'emportait dans sa gueule comme dans *Un poisson nommé Wanda*.

« D'accord, suis-moi. Ça te dirait de manger une glace ? » suggéra-t-il en pensant que s'il devait vraiment passer pour un pédophile, autant que ce fût avec panache.

Tandis qu'ils s'éloignaient, il se retourna, puis, s'assurant que la fille ne le regardait pas, adressa un sourire à la grosse dondon et mima de la main l'accélérateur d'une moto, l'air de dire : « Et après, je la baise. » La femme devint cramoisie.

Dix minutes de silence plus tard, ils étaient assis à une table à l'ombre, sur la terrasse. Massimo avait choisi tout exprès la plus éloignée de celle des papys, qui faisaient semblant de jouer aux cartes et ricanaient. Toujours pénétré de son rôle de barman, Aldo se présenta. Se plaçant derrière la fille, il se racla la gorge discrètement et demanda avec politesse :

« Que désire monsieur le comte ?

— Pour commencer, que tu ailles te faire voir chez les Grecs. Et quand ça sera fait, un thé glacé. Et toi, qu'est-ce que tu prends ?

— Un Coca, merci. »

Aldo approuva d'un léger signe de tête et s'éloigna.

« Une cigarette ?

— Non, merci. Il y a du monde ici. Mes parents ne savent pas que je fume.

— Pardonne-moi de revenir à la charge, mais pourquoi ne voulais-tu pas que ton frère… »

Le regard perdu, la fille passa la main dans ses cheveux.

Un instant, Massimo craignit qu'elle ne réplique que ça ne le regardait pas et qu'elle ne s'en aille. Il ne pourrait pas lui donner tort.

« Bon, ne crois pas que je critique Alina, mais… pour en parler comme si elle était encore en vie, c'était quelqu'un de très indépendant, de très débrouillard, disons… »

J'ai compris, pensa Massimo. Pour en parler comme si elle était encore en vie, c'était une pute.

« Elle me parlait de ses mecs, elle me disait ce qu'elle faisait, où ils l'emmenaient… il n'y a rien de mal à ça, c'étaient ses affaires, mais je ne voulais pas qu'elle se foute de mon frère. Ils étaient sortis ensemble l'année dernière, un soir. Pour elle, ça n'avait rien changé, ce n'était pas sérieux, mon frère était juste un copain avec lequel, bref, avec lequel il s'était passé quelque chose… Mais lui, il était complètement hypnotisé. Il lui téléphonait au moins trois ou quatre fois par jour. Quand elle allait en discothèque, il y allait aussi, il la collait tout le temps. Ils discutaient ensemble, se planquaient dans les soirées et revenaient au bout d'une heure, ils partageaient le même drap de bain sur la plage. J'avais l'impression qu'elle était contente d'avoir un chevalier servant. Mais, quand il avait le dos tourné, elle ne se gênait pas. Je le sais, parce que je l'ai vue. Elle prétendait qu'elle ne faisait rien avec Bruno, qu'ils étaient juste amis et qu'elle le lui avait dit tout net. Elle aimait être avec lui. Mais moi, je voulais qu'il arrête de penser à elle. Alors ils se retrouvaient en cachette. Maintenant elle est morte, alors que moi (sanglot), je fais la conne ici, et (sanglot répété et menton qui tremble un peu) je ne sais même pas ce qui me rend le plus malade... »

Elle baissa la tête, puis la releva aussitôt. Elle avait les yeux brillants, mais cette fois elle avait réussi à ravaler ses larmes. Massimo se dit qu'il valait mieux trouver un moyen de la renvoyer chez elle au plus vite.

« Tes parents sont au courant ?

— Mes parents... ils ne comprennent rien. C'est pour ça que j'ai peur maintenant. Je ne peux tout de même pas rentrer chez moi et tout leur raconter. Tu ne te rends pas compte... ils en auraient une attaque. »

À moins que Fusco ne se soit déjà chargé de les avertir, et, dans ce cas, ils ont déjà eu l'attaque en question, pensa Massimo. J'espère que tu as tes clefs sur toi, sinon tu risques de dormir sur le trottoir.

« Il vaut peut-être mieux que tu rentres. Quoi qu'il arrive... et il n'est pas dit qu'il arrive quelque chose... il serait bon que tes parents l'apprennent de ta bouche. Crois-moi. »

La fille baissa les yeux un moment, puis acquiesça. Elle se leva en dévoilant à Massimo un remarquable canyon piégé dans son débardeur vert, remit la chaise en place et s'éloigna. Au bout de quelques pas, elle rebroussa chemin et dit avec un sourire :

« Au fait, je m'appelle Giada.

— Joli prénom. Moi, c'est Massimo. »

Aldo se présenta avec l'aplomb d'un majordome anglais, posa les boissons sur la table et s'écarta, les mains croisées dans le dos.

« Monsieur le comte est servi.

— Tu arrives à temps, on ne peut pas dire…

— Excusez-moi, monsieur le comte, mais, les lieux que vous avez mentionnés m'étant inconnus, j'ai eu grand-peine à les trouver. Pour sûr, vous avez plus de familiarité avec les Grecs en question, à en juger par la facilité avec laquelle vous avez acheté cet établissement.

— Merci quand même. Bon sang, qu'est-ce que ces imbéciles ont à rire, là-dedans ?

— Nous débattions de la jeunesse de votre amie, monsieur. Nous nous demandions si elle n'était pas trop jeune pour saisir certains sujets. Métaphoriquement parlant, bien sûr.

— Je peux l'imaginer. Bon, je vais rentrer, merci pour tout. »

Il regagna l'intérieur du bar, où son grand-père l'accueillit en ricanant, l'air entendu.

« Alors ?

— C'est quoi, cette tache, papy ?

— Quelle tache ?

— Sur ton pantalon, ça.

— Qu'est-ce que j'en sais, moi ? On dirait de la glace. Ce doit être une vieille tache.

— C'est ça, une vieille tache… » Il se tourna vers Aldo. « Tu peux te fouiller pour que je vous laisse de nouveau le bar, à toi et au reste de cet asile de vieux.

— Exact, déclara Del Tacca. Tu n'apprécies pas les vieux. Du reste, on a compris que tu aimes la chair fraîche, faut pas croire !

— Ouais, intervint Ampelio. T'es un beau cochon ! Je vous en donnerai, des conversations ! Courir derrière une gosse de seize ans, avec toutes les femmes qu'il y a dans le coin… Saperlipopette ! Si ta mamie savait ça…

— Papy, si mamie savait la moitié de ce que je te vois faire, dire et manger ici tous les jours, tu aurais besoin des pompiers pour rentrer chez toi. »

Aldo prit la parole, tandis qu'Ampelio, indifférent à la menace, rangeait les cartes :

« Du reste, jusqu'à maintenant, il n'y a que toi qui t'es amusé aujourd'hui. »

Inutile de résister : s'il s'obstinait à faire semblant de rien, ils n'arrêteraient pas de l'asticoter jusqu'au soir. Il s'assit donc et commença.

« Bon. La fille qui était avec moi s'appelle Giada Messa. Je l'ai rencontrée au commissariat, où elle se trouvait avec son frère. Le frère, Bruno, est le garçon qui a reçu le dernier message envoyé du portable d'Alina. La fille a lu le message en question sur le téléphone de Bruno. Alina lui disait de venir la chercher à vingt-deux heures pour aller dîner avec elle.

— Dîner à vingt-deux heures ? intervint Ampelio. Nom d'un chien ! Chez moi, ils n'auraient rien eu à becqueter à une heure pareille. Quand j'avais leur âge…

— Tes copains savent ce qui se passait à cette époque, parce que vous avez le même âge. Et moi, je m'en contrefous. Pardonne-moi, mais si je n'abrège pas, on en a pour jusqu'à demain. Le garçon a raconté à sa sœur qu'il était allé chez Alina à vingt et une heures cinquante et qu'il avait attendu jusqu'à vingt-trois heures trente. Ce sont les faits. Passons maintenant aux opinions : la fille prétend qu'Alina et son frère avaient une liaison. Je ne dispose pas des éléments pour l'infirmer ou pas. Elle en est convaincue. Elle a ajouté que ça ne lui plaisait pas, parce que…

— Parce que, pour en parler comme si elle était encore en vie, l'interrompit Aldo, cette Alina Costa avait tout juste l'âge de conduire une voiture, mais elle avait déjà manié un tas de leviers de vitesse. »

Massimo le dévisagea.

« Eh oui, le village est petit, affirma Del Tacca, l'air de rien.

— Je l'ai entendu dire au Pousseur, le type qui travaille à l'*Ara Panic*. »

L'*Ara Panic*, la discothèque des frimeurs, irritait le ciel, avec ses lumières, sur un vaste tronçon de bord de mer en direction de la ville. Après avoir acrobatiquement garé en stationnement interdit des Mercedes imméritées, une longue file de péquenauds se pressaient hiver comme été devant les cordons d'entrée pour se soumettre avec espoir et morgue au jugement d'autres lourdauds, que la guinguette payait pour ne laisser passer que les plus brillants spécimens de la race. À l'intérieur, le volume de la musique avait de quoi abrutir totalement des clients qui possédaient en moyenne moins de neurones que de cheveux. Les druides qui célébraient le rite de la sélection portaient le nom de videurs : le Pousseur, pour l'état civil Piergiorgio Neri, était l'un des vaillants représentants de cette caste privilégiée. Trente ans, bronzage intense, cheveux noirs éclaircis çà et là, torse hypertrophique et épilé déformant des tee-shirts hyper moulants déchirés aux endroits stratégiques, sourire à trente-deux dents souligné par un bouc coquettement teint en violet, il suscitait chez les vacanciers une gamme de réactions allant de l'adoration, genre idole des lycéennes, aux rapides signes de croix de la veuve Falaschi.

« Un bien bel énergumène ! Quand est-ce qu'il te l'a dit ?

— Hier soir, au restaurant. Il est venu dîner avant d'aller à la discothèque, comme toujours. Il a mangé une bricole et bu de l'eau, comme toujours, le pauvre. Il discutait avec deux copains. Il disait que la défunte fréquentait l'*Ara Panic*. D'après lui, ce n'était pas une fana de la danse, elle usait surtout les canapés.

— Et toi, tu as écouté malgré toi.

— Bien obligé : il parle encore plus fort qu'Ampelio ! C'est sans doute parce qu'il a l'habitude de vivre au milieu du bordel. Il parle si fort que tout le restaurant peut l'entendre. Un jour, un type à tête de tueur de la mafia russe, qui était assis à la table d'à côté, lui a demandé pour le faire taire : “Il ne vous arrive jamais de chuchoter ?” Le Pousseur a répondu, rusé : “Si, quand je baise.” Ah ! Je n'ai jamais vu une scène pareille ! Le type s'est rapproché, et, les yeux à deux centimètres des siens, lui a dit bien calmement : “Et quand on te fiche des coups de pied au cul, qu'est-ce que tu fais ? Tu pleures ?” Tu aurais vu l'autre : un petit agneau… Bon, on parlait d'Alina. Le Pousseur a également dit qu'il ne l'avait pas encore vue depuis le début de l'été. Ni en discothèque ni ailleurs.

— Nom de nom, à mon avis il a couché, lui aussi, avec elle ! déclara Rimediotti en hochant la tête d'un air docte. Ce type est un beau salopard. Il paraît qu'il a engrossé une fille de seize ans et qu'il l'a fait avorter. Je l'ai su par la mère Zaira, dont le petit-fils travaille à la discothèque de l'*Imperiale*. »

(L'une des règles fondamentales, quand on se mêle des affaires d'illustres inconnus, consiste à étayer ses affirmations par des références précises à des individus – ou, mieux encore, à des parents d'individus – dont la compétence en la matière découle d'une analogie avec les individus en question ; cela apporte aux palabres, y compris aux plus audacieuses, la structure rassurante d'un syllogisme.)

« Ouais, mais retournons maintenant à nos moutons, objecta Del Tacca. Comme le Pousseur ne comprend foutrement rien à rien, tenons-nous-en aux faits. Nous disions donc que cette petiote, paix à son âme, était du genre déluré, non ? Ça me paraît cadrer. En revanche, il y a un truc qui cloche. (Gorgée de Campari, pour créer l'atmosphère.) Pas vrai, Massimo ?

— Possible, si tu me dis à quoi tu penses. Il se peut que je sois d'accord.

— Ouais, ouais, crois-moi, tu seras d'accord. Cela fait deux ans, depuis que tu as ouvert ton bar, que tu te fiches de notre poire. Tu n'arrêtes pas de nous dire : “Vous vous mêlez de ce qui ne vous regarde pas, j'aimerais bien savoir ce que ça peut vous foutre et si untel ou untel vous a causé du tort…” Mais, en attendant, tu restes ici comme un cul de plomb ! Et tu as bavardé pendant une heure avec une parfaite inconnue en désertant le bar. Ouais ! Alors explique-moi pourquoi, vu que tu ne connais personne dans cette affaire. En admettant qu'il y ait un pourquoi, scrogneugneu ! »

Massimo croisa les jambes, puis les bras, et dévisagea Del Tacca.

Depuis le début de l'après-midi, il s'efforçait de penser à autre chose. Ça ne te regarde pas, Massimo, se dit-il encore une fois. Mais, incapable de chasser ces pensées, il préféra capituler.

« Il y a effectivement une raison. J'ai vu Fusco. J'ai vu le garçon. J'ai entendu ce que le Dr Carli a raconté à propos des messages. Fusco en a tiré des conclusions et a identifié le coupable. Logique. Rapide. Un excellent résultat.

— Nom de nom, je peux pas y croire ! s'exclama Aldo. Ce débile de Fusco, qui arrive tout juste à faire des mots croisés, résout en deux jours l'affaire criminelle qui lui est tombée dessus ! Mais, compte tenu des éléments qu'il avait réunis, j'y serais arrivé moi aussi.

— C'est-à-dire ?

— J'aurais trouvé moi aussi le coupable. Le gamin. » Aldo se leva et alla se remplir un verre de bière à la pression sans cesser de parler. « Ce n'est pas comme dans les polars. Il y a un mobile, il y a une occasion, il y a des preuves. Tout correspond.

— Tu n'es qu'un imbécile ! Exactement comme lui. Vous vous seriez tous les deux trompés.

— Ouais, écoutez-moi ça ! répliqua Rimediotti. Tu parles ! Et qui ça aurait pu être d'autre, hein ?

— Je ne sais pas. En tout cas, pas Bruno Messa. Absolument pas. »

Il y eut un moment de silence. Après quoi, Ampelio se mit à ricaner, l'air satisfait. D'un geste de sa canne, il désigna ses compagnons.

« Regarde-les, ils ont tous marché ! Massimo, dès que tu auras terminé de dire des âneries, tu me prépareras un café, tu veux bien ?

— Je ne plaisante pas, je ne dis pas d'âneries. Essayons d'être plus clair : je suis absolument certain que Bruno Messa, l'individu qui se trouve en ce moment dans le bureau de Fusco, n'a pas tué Alina Costa. Hélas, je ne suis pas en mesure de le prouver de manière acceptable pour un tribunal. »

Cette fois, l'effet fut extraordinaire. Les quatre compères se tournèrent vers lui comme un seul papy.

« Et comment… » commença Del Tacca.

Massimo l'interrompit : « Je n'ai pas l'intention de vous révéler quoi que ce soit à ce sujet. Du reste, nous ne sommes pas certains que Fusco arrêtera ce garçon. Il se peut qu'il s'en abstienne. Certes, ce serait stupide, compte tenu des preuves dont il dispose, mais une telle attitude constituerait chez lui une répétition, non une révélation.

— Dans ce cas, qu'est-ce que tu comptes faire ?

— S'il ne l'arrête pas, rien. Ça ne me regarde pas. S'il l'arrête, j'essaierai de m'expliquer. Vous autres, en attendant… » Comprenant l'inutilité de ce qu'il s'apprêtait à dire, il rectifia le tir : « … parlez-en au moins de gens possible. »

SIX

« Avait-elle rendez-vous avec l'assassin ? Reportage de Pericle Bartolini. Pineta : Alina Costa, la jeune fille sauvagement assassinée dans la nuit de samedi à dimanche, avait rendez-vous avec un camarade, B. M., âgé de dix-huit ans, cette nuit-là. Un rendez-vous auquel, d'après B. M., elle ne se serait jamais présentée. Mais les enquêteurs ne sont pas de cet avis. En effet, hier, au terme d'un interrogatoire de plus de quatre heures, le procureur Aurelio Bonanno a officiellement mis en examen le jeune homme, qui semble désormais en mauvaise posture. D'après le responsable des enquêtes, le commissaire Vinicio Fusco de la police de Pineta, la reconstruction des mobiles de l'assassin est compatible avec le laps de temps (entre vingt et une heures trente et six heures dans la nuit de samedi à dimanche) pour lequel le garçon n'a pas été capable de fournir un alibi. D'après ces mêmes sources, le déroulement du drame est le suivant : le crime a été commis, selon le Dr Walter Carli, médecin légiste, entre minuit et une heure, puis, à en juger par certains témoignages, le cadavre de la malheureuse jeune fille a été transporté sur les lieux de sa découverte entre quatre heures et demie et cinq heures, quand il a été retrouvé par S. T., dix-neuf ans, étudiant en troisième année de l'IUT "Leonardo Da Vinci". »

Il était environ onze heures, et la voix de Rimediotti, forte et impersonnelle, déclamait avec précision le contenu du reportage du *Tirreno* sur une des cinq pages que le quotidien consacrait au meurtre dans la section des faits divers. À la même table, Ampelio et Del Tacca écoutaient attentivement. Comme tous les matins, Aldo était allé faire les courses pour son restaurant. Quant à Massimo, il disposait avec sa concentration habituelle les croissants tout juste sortis du four sur le plateau de la vitrine. Il en cuisait cinq toutes les demi-heures et les alignait sur ce plateau ; quand il en restait un de la précédente fournée, il le glissait dans un des sacs où échouait, au cours de la journée, toute la nourriture en surplus ou abîmée. De cette façon, tout le monde était satisfait : les clients, qui pouvaient compter sur des viennoiseries chaudes ; Massimo, qui leur facturait cette assurance vingt centimes de plus la pièce, et les pensionnaires du chenil municipal qui s'employaient à engloutir le reste, chaud ou froid. Les croissants à enfourner provenaient d'une boulangerie de Pise ; ils arrivaient chaque matin et constituaient pour Massimo l'un des innombrables points forts de son bar.

« Arrivé sur le parking à bord de la voiture de sa victime, une Clio verte immatriculée CJ 063 CG, le meurtrier n'a vraisemblablement pas réussi à repartir, son véhicule s'étant enlisé dans une des larges mares que les lieux présentent à chaque averse depuis plusieurs années – malgré les promesses répétées des responsables –, après avoir déposé le cadavre dans une des poubelles qui… »

Aldo, qui entrait, chargé de sacs en plastique, compléta la phrase : « … qui sont identiques à celles que j'ai devant l'entrée de mon restaurant depuis trois mois, malheur aux administrations écologistes !

— Tiens ! À tes amours !

— Que les vôtres durent toujours ! Comment ça va ? » demanda-t-il. Mais il ne reçut pas de réponse car, dans l'entrebâillement de la porte vitrée, surgissait à présent une princesse.

Ou plutôt, une femme à l'aspect de princesse. Grande, blonde, les cheveux courts, un tailleur bleu marine apparemment très coûteux, elle avait une démarche si légère et si chaloupée qu'elle semblait ne pas toucher le sol, comme si elle déambulait à bord d'un yacht. Jamais Massimo n'aurait imaginé qu'une telle créature s'accouderait un jour à son comptoir. C'est pourtant bien ce qui arriva.

« Bonjour », dit-elle.

Sa voix rauque et froide tranchait sur le reste de sa personne. Elle avait probablement mal dormi.

« Bonjour, répondit Massimo. Qu'est-ce que je vous sers ?

— Tu dois être Massimo.

— C'est exact. Je suis le seul article du bar qui ne soit pas à vendre. Si vous souhaitez un de ces bibelots en forme de petit vieux, je peux vous satisfaire. Je vous conseille l'exemplaire qui tient une canne, il est bon marché.

— Non, merci, déclara-t-elle sans changer d'expression. Walter m'avait bien dit que tu es bizarre. Je suis Arianna Costa. La mère d'Alina. »

Des toussotements en provenance des papys commentèrent cette assertion. Massimo garda, pour sa part, le silence.

« Il m'a également dit que tu es quelqu'un de sérieux. Et que tu as un cerveau bien fait.

— Ça aussi, c'est exact. »

La femme le dévisagea un instant avant de poursuivre :

« Alors quand quelqu'un de sérieux et d'intelligent se promène en affirmant qu'on a arrêté la mauvaise personne pour… pour ce qui est arrivé à Alina, qu'est-ce que ça veut dire ? »

Massimo jeta un regard de travers au groupe des papys, qui feignaient l'indifférence.

« Exactement ce que j'ai dit.

— Pourquoi ?

— Parce que j'en ai la certitude. Mais ce n'est pas la peine que je vous explique comment j'y suis parvenu. J'en informerai les responsables de l'enquête dès que possible, je vous l'assure. »

La femme secoua lentement la tête.

« Tu sais qui est le coupable, n'est-ce pas ? Soit tu le sais, soit tu le soupçonnes.

— Cette fois, vous vous trompez. Je n'en ai pas la moindre idée. Je suis juste capable de dire que l'individu qui a tué votre fille possède des caractéristiques que n'a pas le garçon dont nous parlons.

— Tu te fiches de moi ?

— Absolument pas. Vous voulez un verre ? »

La femme hésita un instant avant d'opiner du bonnet.

« C'est du Clément ?

— Oui, dix ans d'âge.

— Je pourrais en avoir un peu ?

— Bien sûr. »

Massimo s'empara de la bouteille de rhum brun derrière lui, en versa une quantité standard dans un verre bas, coupa un morceau de melon, l'embrocha sur un cure-dent, le roula dans du sucre de canne et le posa sur la soucoupe, près du verre. Mais il crut bon de demander :

« Ce n'est pas un peu tôt ?

— Pour toi, peut-être. Pour toi, c'est le matin. Pour moi, c'est encore la nuit. Ça fait trois jours que je n'ai pas fermé l'œil. Et encore, je crois que je n'ai même pas réalisé ce qui se passe.

— Je comprends.

— Non, je ne pense pas. » Elle avala une gorgée de rhum et, se contredisant, eut une quinte de toux. « Tu es vraiment certain de ce que tu affirmes à propos de Bruno ?

— Oui, madame. »

La femme trempa les lèvres dans le verre sans détourner les yeux de ceux de Massimo. Puis elle dit :

« Cela me soulage, d'une certaine façon. Je n'arrive pas à croire que Bruno soit le coupable. Mon employée de maison m'a rapporté tes propos et j'ai décidé de venir, malgré l'opposition de mon mari. Je n'en ai toujours fait qu'à ma tête. J'apprécie ta franchise et je te remercie.

— Je vous en prie. Que puis-je faire pour vous ?

— Parler au commissaire au plus vite. Bien, je te laisse travailler. Au revoir.

— Au revoir. »

Et elle sortit, aussi aérienne qu'à son arrivée.

« Quelle femme, hein ! s'exclama Pilade.

— Et comment ! renchérit Aldo. Et quel calme ! C'en est presque épouvantable.

— Oui, épouvantable, martela Massimo d'un ton glacial. Comme la rapidité avec laquelle elle a appris ce que j'ai dit hier soir.

— Moi, je n'ai rien raconté à personne, nom de nom ! déclara Ampelio, l'air boudeur.

— À personne. Pas même à mamie ?

— Voyons, mamie, c'est la famille ! Si je ne lui disais pas…

— Et vous, Pilade, vous l'avez dit à votre femme ?

— Non, non, c'est sa frangine qui le lui a dit. Tilde a téléphoné hier soir pendant le dîner. » Il consulta sa montre. « À propos de repas, c'est bientôt l'heure. Je lève les voiles.

— Moi aussi, je crois, annonça Rimediotti.

— Pas moi, affirma Aldo en regardant par la fenêtre. Je n'ai pas l'intention de rater le deuxième round. »

Massimo tourna la tête et suivit son regard. De l'autre côté de la porte vitrée, à quelques pas du bar, un Fusco furibond avançait au pas de charge. Quand il marchait ainsi, il semblait encore plus petit, pensa Massimo.

« Bonjour. Un café ? » lança Massimo au commissaire dès qu'il fut entré.

Feignant de ne pas avoir entendu, Fusco s'assit à une table et le dévisagea, la tête légèrement inclinée sur le côté, les lèvres dissimulées sous sa moustache noire. Tiens, il a changé de genre, songea Massimo, il ressemble maintenant à Hercule Poirot.

Les papys ne pipaient mot.

« Un cappuccino ? Un jus de fruits ? Une *crème de menthe*[1] ? De la salsepareille ? » poursuivit Massimo avec un sérieux apparent, sans succès.

Enfin, après l'avoir contemplé comme s'il venait d'identifier l'homme qui a engrossé sa fille, Fusco lui répondit d'une voix calme : « Dès que vous aurez terminé de vous foutre de moi, vous me suivrez au commissariat. Je voudrais avoir une petite discussion avec vous.

— Oh, si vous voulez bavarder ici, pas de problème ! s'exclama Ampelio, magnanime. Vous ne dérangez pas ! C'est garanti ! »

Massimo le foudroya du regard, tandis que Fusco le foudroyait, lui.

« En général, c'est au commissariat qu'on mène les enquêtes. Pas au bar. J'ai l'impression qu'il y a un peu de désordre ici.

— Absolument, intervint Aldo. C'est au commissariat qu'on mène les enquêtes. Mais ici, on soumet au jugement de la société civile l'œuvre des forces publiques, que tout citoyen d'un pays démocratique a le devoir moral d'évaluer. Et ce, pour éviter de tomber dans une désagréable acceptation passive que, vous m'apprenez…

— On vous a demandé votre avis ? » l'interrompit Fusco sans le regarder. Aldo se tut et adopta une expression vaguement vexée. « J'ai besoin de vous parler au commissariat. Si vous pouvez vous passer un moment du chœur grec, je vous prie de me suivre.

— Un instant, je dois donner un coup de fil. »

1. En français dans le texte.

« Allô ?

— Bonjour, Tiziana. C'est Massimo. Tu es réveillée depuis longtemps ?

— Oui, je suis à la parfumerie. À la caisse.

— Parfait. Tu peux faire un saut au bar en sortant ?

— Bien sûr. »

C'était toujours un plaisir de voir Tiziana, même si elle ne donnait pas le meilleur d'elle-même le matin. Bien qu'il fût en service, Fusco la radiographia de la tête aux pieds, tandis qu'elle s'approchait du comptoir, en s'attardant brièvement sur ses seins à la fois moelleux et marmoréens.

« Je t'écoute.

— L'Illustrissime Commissaire ici présent doit me conduire un instant au commissariat. C'est urgent, paraît-il. Il faudrait que tu restes au bar jusqu'à mon retour.

— "Tu peux faire un saut au bar en sortant ?", dit Tiziana en singeant Massimo. Bordel, quel faux-cul ! De toute façon, je suis occupée.

— Tu peux refuser, c'est ton droit. Voyons voir, je dois avoir dans mon agenda le numéro de téléphone d'une certaine Loredana qui, si mes souvenirs sont bons, voulait travailler ici l'été dernier. Un moment, je vais le trouver. Ah, tu es toujours là ?

— Massimo, j'ai encore mes courses à faire…

— Ça ne prendra pas longtemps, mademoiselle, je vous assure, intervint d'une voix langoureuse le commissaire qui semblait se demander encore si ce qu'il voyait était bien des mamelons. Et c'est nécessaire.

— Aldo ne pourrait-il pas te remplacer au comptoir ? hasarda la jeune femme.

— Négatif, répondit Massimo. Les gamins partent déjeuner. C'est l'heure. Encore un service. Aujourd'hui, c'est mercredi. Les portiers physionomistes des discothèques devraient venir déposer des bons de réduction pour les clients. Si tu vois passer ceux de l'*Ara Panic* pendant mon absence, peux-tu leur dire que je dois leur parler ?

— Oui, bwana. Toi avoir instructions aussi pour récolte coton ? »

Massimo contourna le comptoir, s'empara de sa banane, y glissa cigarettes et portefeuille.

« Envoie les boulistes déjeuner, sinon ma grand-mère sera furieuse contre moi. Nous pouvons y aller, commissaire.

— Allons-y. Est-ce que cela vous ennuie si nous nous rendons au commissariat à pied ?

— Oui, compte tenu de la chaleur. Mais je ne vois pas de meilleure solution. Après vous. »

SEPT

Quand Massimo revint, deux heures plus tard, à quatorze heures trente, le bar vivotait dans la torpeur ensoleillée du début de l'après-midi. À la terrasse, des Hollandais immenses et des Allemands à lunettes maltraitaient leurs œsophages à coups de cappuccinos brûlants, échangeant de temps en temps, dans le plus grand silence, de glauques regards de bas en haut qui signifiaient probablement : kel kagnard !

Les Hollandais… songea Massimo. Autrefois, ils se planquaient tous. Gare à celui qui franchissait les digues de frontière ! Mais depuis quelques années, on voit surgir à chaque coin de rue des voitures munies de plaques d'immatriculation jaunes à six chiffres divisés en deux groupes de trois et surmontées d'un coffre à bagages. (Tous sans exception. Au prix d'une lourde amende payable en fromage, certainement.) Au nez et à la barbe de la reprise économique.

À l'intérieur, en revanche, les autochtones favorisaient le processus péristaltique de leur organisme en sacrifiant au rituel qui caractérise depuis toujours les Italiens au bar et auquel on peut se livrer à toute heure du jour et de la nuit sans que le règlement tacite des établissements de la Botte vous qualifie automatiquement de Teutons.

En d'autres mots, le café.

À l'époque dont on parle, le *BarLume* proposait dix variétés de café différentes, dont Massimo était, en qualité d'Italien et de mathématicien, un grand amateur, pour ne pas dire un obsédé : depuis un arabica à la torréfaction artisanale que lui fournissait une maison de Seravezza (et qu'on servait à ceux qui demandaient tout simplement « un café ») jusqu'à un caracolito à petits grains très parfumé, hélas pas toujours disponible, qui faisait secrètement sa fierté comme s'il l'avait lui-même créé.

En se glissant derrière le comptoir, il interpella Tiziana :

« Tout va bien ?

— Tout va bien. Et toi ?

— Moi, ça va. Il faut faire de la place devant pour l'ambulance.

— Quoi ?

— L'ambulance. À force d'avaler des cappuccinos brûlants, un de ces Wisigoths va bien finir par s'effondrer, victime d'une indigestion. S'ils continuent de ce pas, c'est inévitable.

— Mais c'est une idée fixe ! J'ai l'impression d'entendre ma mère ! "Ça, c'est mauvais pour la digestion. Ça, ça donne des ballonnements. Ça, ça porte malheur..." Les gens ont bien le droit de faire ce qu'il leur plaît, non ?

— Pas ici. Dans d'autres bars, peut-être. Ici, si un client commande un cappuccino à une heure caniculaire, il faut lui expliquer avec fermeté et politesse qu'on a beau respecter son audace, on ne lui permet pas de nuire à sa santé. S'il accepte, tant mieux. Sinon, qu'il aille boire son cappuccino au *Pennone*. S'il meurt, il mourra au moins devant la mer, et il sera content.

— Bordel, quelle humeur de chien ! Fusco n'a pas voulu t'écouter, c'est ça ? » demanda-t-elle tout en vidant les cendriers.

Évidemment, avant de partir, Ampelio lui avait tout raconté…

« Tu parles ! Quel crétin !

— Mais à moi tu peux bien dire pourquoi Messa n'a rien à voir dans cette affaire ?

— Non.

— À qui veux-tu que je le raconte ? Moi, je ne crie pas les histoires sur tous les toits. Tu devrais le savoir.

— Eh oui, je devrais le savoir… répliqua Massimo avec une légère ironie.

— Pourquoi prends-tu ce ton-là ?

— Tu peux me dire comment j'ai acheté ce bar ?

— Je ne vois pas le rapport.

— Réponds-moi, s'il te plaît.

— En gagnant à la loterie.

— Combien de personnes, à ton avis, le savent à Pineta ?

— Bah… tout le monde, je crois.

— Bien. Alors, étant donné qu'au moment où je l'ai acheté mon grand-père, qui aurait pu être le principal suspect, était hospitalisé à Bellinzona pour son pied diabétique et que ma mère se trouvait avec lui, étant donné que tu étais, à cause de ma distraction, la seule personne à être au courant de l'histoire, qu'est-ce que je devrais savoir ?

— Putain ! Tu es insupportable ! Je reviens à dix-huit heures.

— Tu peux revenir à vingt heures, tu as déjà passé deux bonnes heures ici. Tu as vu les types de l'*Ara Panic* ?

— Oui, ils ont laissé des bons de réduction près de la caisse.

— Tiziana, tu sais ce que j'en fais, de ces bons ? Je m'évente… (il se retint pour ne pas préciser quoi). Tu leur as dit que je voulais leur parler ?

— Oui, oui. Ils reviendront vers dix-huit heures trente ou dix-neuf heures. Salut.

— À plus tard. »

Peu après, alors que Massimo chargeait le lave-vaisselle (ce qui n'améliorait pas son humeur, car c'était dans l'absolu le moment de la journée qu'il détestait le plus), la sœur de Bruno pénétra dans le bar. Elle semblait déguisée en Lolita. Surtout, elle paraissait très agitée.

« Salut.

— Salut.

— Il paraît que tu es allé dire au commissaire que Bruno est innocent. C'est vrai ?

— Oui.

— Et il t'a cru ? »

Massimo continua de ranger en silence verres et faïences dans le monstre en veillant à ne pas s'accrocher aux paniers.

« Il t'a cru ?

— Non, je ne pense pas.

— Et pourquoi ça ?

— Parce que je lui ai exposé la conclusion à laquelle je suis arrivé, rien de plus. Je n'ai pas de preuves certaines à lui fournir.

— Attends ! Je ne comprends pas. Comment peux-tu être sûr que ce n'était pas Bruno si tu ne possèdes pas de preuves certaines ?

— C'était une preuve tangible, mais elle n'existe plus. Un détail que j'ai remarqué et qu'à l'évidence personne d'autre n'a vu. De fait, il a échappé à Fusco.

— Il ne peut pas garder Bruno ! Ce n'était pas lui !

— Comment le sais-tu ? »

La fille le dévisagea un moment. À présent, elle avait l'air vraiment effrayée.

« Je le connais. C'est mon frère, au fond.

— Exact. Mais cela ne peut pas suffire à convaincre Fusco. Au contraire.

— Je le sais. Ce n'était pas lui. Je lui ai parlé.

— Et il t'a dit…

— Il m'a dit où il était quand Alina a été tuée. Il était avec des gens. »

Massimo leva la tête, posa les assiettes sur ses genoux et déclara :

« Parfait.

— Pas tellement.

— Bon, nous n'en savons pas plus long sur le compte de l'assassin. Mais cela permet au moins de faire libérer ton frère. Il n'a qu'à tout raconter à Fusco… »

La petite secoua sa tête blonde.

Elle était maquillée avec un art et un goût inhabituels chez une fille de son âge. Du moins chez les filles que Massimo connaissait et avait connues.

Une future, petite, parfaite maîtresse de maison. Il songea que, dans cette histoire, il n'y avait pas de moyen terme entre des individus trop riches, comme Alina, le médecin ou cette fille, et des individus trop pauvres comme Okay.

« Il ne veut pas parler.

— D'accord. Ton frère a de bien belles relations… C'était quoi ? De la cocaïne ? »

La petite écarquilla ses grands yeux et le fixa apparemment sans le voir.

« Comment le sais-tu ?

— Si ça ne t'ennuie pas, c'est moi qui vais t'interrompre maintenant. Ton frère est en prison, soupçonné d'un crime, ce qui d'habitude insuffle une certaine peur, et il dispose d'un alibi à même de balayer le moindre soupçon. S'il ne veut pas s'en servir, ça ne peut être que pour une raison : parce qu'il est terrifié. Par quoi ? Par ce qui se produirait s'il ouvrait la bouche, et donc vraisemblablement si l'on apprenait à quel endroit il se trouvait, ce qu'il y faisait et avec qui à cette heure-là. Ergo, puisqu'il ne pouvait pas commettre pire méfait qu'un meurtre, pas besoin d'être Einstein pour deviner qu'il a peur des individus en compagnie de qui il était. Alors, que peut-il avoir fait quand il a constaté qu'Alina n'était pas au rendez-vous ? Avec des gens dont il a peur ? Corrige-moi si je me trompe, mais j'ai l'impression que ce n'était pas la première fois. »

Massimo recommença à empiler la vaisselle. Alors la petite se retourna et dit :

« Je m'en vais.

— Bonne journée. »

La porte s'ouvrit et se referma.

Aussitôt après, la voix ironique du Dr Carli s'éleva :

« Pardon, je cherchais le commissariat de Pineta. On m'a dit que c'était ici.

— On vous a mal informé, répliqua Massimo sans interrompre son activité. Et vous n'êtes pas le seul. »

Le visage du médecin, qui se penchait au-dessus du comptoir comme une girafe au zoo, apparut à Massimo et lui adressa un petit sourire.

« Je connais la fille qui vient de sortir. Je me demande pourquoi elle est venue. »

Silence.

« Son frère est en prison, soupçonné de meurtre. »

Nouveau silence.

« Mais on m'a dit qu'un type, le propriétaire d'un bar, est absolument certain de l'innocence du frère en question. Je me demande bien pourquoi. »

Ben voyons. Le Dr Carli soupira sans se départir de son air moqueur. Puis il changea de ton, interrogeant un peu plus fort :

« Que dois-je faire pour que tu acceptes de parler ?

— Commandez quelque chose. Comme vous l'avez dit avec raison, ceci est un bar.

— Et si je commande cette chose, tu me la serviras ?

— Bien sûr. Dans les limites de mes possibilités.

— Bon. Un cappuccino, merci. Avec beaucoup de cacao dessus. Quoi, j'ai entendu un gémissement ?

— Exact. De réprobation absolue. Vous repasserez. »

Persuadé de l'opportunité de commander un jus de fruits, le médecin s'assit avec Massimo à une table dans les environs de Rotterdam et commença :

« Ne prends pas mal ce que je m'apprête à te dire. Je sais, nous savons tous, que tu es extrêmement intelligent et qu'il t'arrive rarement de parler à tort et à travers. Alors, je veux bien croire que tu n'es pas allé débiter la première ânerie qui t'a traversé l'esprit et que tu as assez de motifs pour déclarer qu'un individu concentrant apparemment tous les indices – je ne dis pas les preuves, parce qu'il n'y en a pas –, mais bref… Exact ?

— Je ne vois pas. Je n'ai rien compris. Essayez donc de fourrer un point quelque part. Dans certains cas, ça aide.

— Voilà ce que je voulais dire : peux-tu m'expliquer pourquoi tu es si sûr de ce que tu affirmes ?

— Parce que les points sont nécessaires pour faire comprendre à un interlocuteur la structure de sa phrase. On me l'a appris à l'école primaire, et je suis certain de tout ce qu'on m'a appris à l'école primaire.

— Le moment ne me paraît pas très bien choisi pour faire l'andouille. Nous sommes en train de parler d'un meurtre et d'un garçon qui a peut-être été injustement arrêté.

— Exact. Cet endroit n'est pas non plus très bien choisi pour parler d'un meurtre, du moins en termes d'enquête. Nous sommes dans un bar. J'ai essayé de reconduire l'affaire à son milieu naturel, à savoir le commissariat, mais son responsable direct ne m'a même pas pris en considération. »

Le médecin fronça les sourcils.

« Tu es allé voir Fusco, et il ne t'a pas cru, c'est ça ?

— Exactement. »

Le Dr Carli sembla soupeser un moment la question puis, s'installant plus confortablement sur son siège, déclara :

« Écoute, il y a une solution. La seule qui me vienne à l'esprit.

— Je vous écoute.

— Fusco te considère comme une épine dans son pied, j'en suis certain. Et je sais également que cette tête de lard ne rouvrira pas son enquête, alors qu'il dispose d'un coupable presque parfait, pour la simple raison qu'un barman prétend que le type en question est innocent. En revanche, l'Illustrissime Commissaire me tient en grande estime, tout au moins du point de vue professionnel. Voilà donc ce que nous pouvons faire : tu vas m'expliquer correctement pourquoi tu es persuadé que le garçon n'est pas coupable, après quoi j'irai voir Fusco et me débrouillerai pour l'amener à rouvrir l'enquête. Ça te convient ?

— Oui, je crois que nous n'avons pas le choix.

— Alors expose-moi tes déductions.

— Il ne s'agit pas de déductions, mais d'une simple observation. Une observation que vous avez peut-être faite vous aussi. »

Le médecin lui adressa un petit sourire.

« Carrément ! C'est encore mieux, non ? Vas-y.

— Le matin où l'on a découvert le corps, Fusco s'est ridiculisé à plusieurs reprises, vous vous souvenez ?

— Bien sûr. Quand le gamin a affirmé que sa voiture était une Micra…

— Dans ce cas, vous vous rappelez que Fusco a fait déplacer la mauvaise voiture. Vous rappelez-vous aussi qui il en a chargé ?

— Oui, Pardini. J'étais à l'école primaire avec son père. Mais, pardonne-moi, quel est le… »

Il s'apprêtait à dire « le rapport » quand Massimo l'interrompit une nouvelle fois :

« Bon, Fusco ordonne à l'agent Pardini de déplacer la voiture. Écoutez-moi bien, c'est important. Vous vous souvenez de ce que Pardini a fait ?

— Oui, il est monté dans la voiture et l'a déplacée.

— En la soulevant ?

— Ce que tu peux être pointilleux… Il est entré dans l'habitacle, il s'est assis, il a mis le contact, appuyé sur l'accélérateur, et la voiture s'est déplacée. Je suis reçu ?

— Non, lamentablement recalé. Vous avez oublié le plus important, à savoir que Pardini a fait coulisser le siège. Il l'a fait coulisser vers l'avant. J'en suis certain, parce que ça m'a frappé. J'ai pensé que l'individu qui avait conduit la voiture devait être très grand, puisque Pardini mesure environ un mètre quatre-vingt-dix. Voilà pourquoi, quand on m'a dit que Bruno Messa, qui a entre autres défauts celui d'être une demi-portion, avait été appréhendé, j'ai pensé qu'on avait arrêté la mauvaise personne. »

Le médecin le dévisagea, apparemment impressionné, mais pas convaincu, ce que confirmèrent ses premiers mots :

« Ça me paraît un peu mince.

— Ajoutez à ça que je sais ce que Bruno Messa fabriquait au moment où il est censé avoir tué Alina. J'espère qu'il en fera part à quelqu'un, dès qu'il aura surmonté sa trouille, ainsi que sa sœur l'a fait avec moi. Mieux vaut une réprimande avec sursis pour avoir acheté de la cocaïne que passer trente ans à ramasser dans les douches les savonnettes que laissent tomber des types plus gros et plus méchants que vous.

— Ah. Sa sœur t'a dit ça ?

— Exactement. Pour l'instant il a peur de l'admettre, mais il finira par tirer ses conclusions.

— Remarquable. Elle vient de te le dire ?

— Oui.

— Ainsi, en te fondant sur tes seuls souvenirs, tu étais déjà certain que…

— Exact.

— Bon. Je vais maintenant te poser une question qui, je le sais, t'énervera. Quelles caractéristiques doit présenter l'assassin, à ton avis ? Être grand…

— Être grand. Compter parmi les connaissances d'Alina, même s'il essaie maintenant de le nier. Ne pas avoir d'alibi entre vingt-trois heures et une heure du matin, laps de temps au cours duquel Alina a été tuée.

— D'accord. Tu as une idée ? »

C'est alors que se présenta Tiziana.

« Massimo, les portiers physionomistes de l'*Ara Panic* viennent d'arriver. Ils t'attendent à l'intérieur, dès que tu seras disponible. »

HUIT

Nous y voilà, se dit Massimo. Qu'est-ce que je vais bien pouvoir demander à ces deux types ? Vous voyez le Pousseur, le videur de la discothèque où vous bossez ? Oui ? Savez-vous par hasard s'il a tué une fille samedi soir ? Putain, ce qu'ils sont musclés ! C'est-à-dire bodybuildés. Rien d'extraordinaire. À force de répéter des milliers et des milliers d'exercices, le muscle gonfle, mais c'est du bidon. Des pectoraux à la fécule de pomme de terre, qu'il suffit de toucher du poing pour enfoncer et faire ressortir dans le dos. Ouais, mais en attendant, ils ont un sacré physique, et toi, ça fait deux ans que tu devrais t'inscrire à la salle de gym, pas vrai ? Sauf que maintenant il fait trop chaud, qu'avec l'automne débute le championnat et que je dois jeuner tout le mois de janvier pour me remettre des fêtes de Noël… Bon, je passe l'arme à gauche, et on n'en parle plus ? Et puis février est un mois qui ne compte pas, en mars le printemps arrive et j'ai envie de glander, nous revoilà à l'été, et tu te retrouves avec ton habituel corps en forme de cintre. Du reste, tu as suivi de longues études…

« Salut.

— Salut. Je suis Massimo.

— Moi, c'est Dennis. Et lui, c'est Davide », dit le garçon en indiquant son compagnon – soit sa photocopie parfaite – qui lui adressa un signe de tête. Cheveux un tantinet frisés et sculptés dans la gélatine, grosses lunettes de soleil à monture légère composées d'un seul verre déformé à la manière d'un scrotum minimaliste, chemise à manches retroussées ouverte sur une poitrine épilée.

« Vous voulez boire quelque chose ? »

Les deux hommes refusèrent à l'unisson.

« J'aimerais que vous me donniez des détails sur les horaires de la discothèque, son activité et ainsi de suite.

— Des détails ? C'est-à-dire ?

— Des informations. À quelle heure vous ouvrez, à quelle heure les gens commencent à arriver, à quelle heure vous fermez. En d'autres termes… »

Massimo s'apprêtait à ajouter que la mode, dans les grandes villes de la côte, il l'avait constaté, consistait à clôturer la soirée par un petit déjeuner collectif à la sortie de la discothèque : sachant que les clients des discothèques de Pineta – l'*Imperiale*, le *Negresses* et l'*Ara Panic* – allaient petit-déjeuner à Pise, ou n'allaient nulle part car il n'y avait, ni au village ni dans les environs, aucun bar ouvert à cette heure-là, il envisageait d'accueillir ces milliers de jeunes abrutis et de les nourrir. Or, il n'eut pas besoin de débiter ce bobard car, animé par le véritable esprit du portier physionomiste, Dennis – ou Davide ? – le devança :

« Alors, la boîte s'active vers minuit, dans le sens où les DJ se mettent à passer de la musique et que les gogo danseuses s'échauffent sur leurs plates-formes à cette heure-là, quoi… Pendant ce temps, la queue se forme à la porte, mais les gens n'entrent pas avant une heure du mat. Nous autres, on fait le va-et-vient, on distribue des cartons pour les soirées thématiques s'il y en a au programme, des trucs dans le genre. Les DJ s'arrêtent à quatre heures, et les clients sortent entre quatre heures et quatre heures et demie.

— Comment se fait-il qu'ils mettent autant de temps pour sortir ? »

Les deux hommes se dévisagèrent un moment, puis Davide (peut-être) saisit.

« Ils paient, quoi… Les gens paient à la sortie. Ça marche comme ça, l'entrée et la consommation obligatoire coûtent vingt-cinq euros. À ton arrivée, tu ne paies rien. Quand tu vas boire un verre, on te donne une fiche sur laquelle on a inscrit ce que tu as consommé. À la sortie, tu vas à la caisse et tu paies. Il y a trois caisses, mais ça prend un moment, quoi… Les soirs extraordinaires, il y a plus de cinq cents personnes. En moyenne trois cents.

— Qu'est-ce que tu veux dire par les soirs extraordinaires ? Tu parles de soirées thématiques avec une musique particulière ?

— Par exemple. On donne des soirées années 1980, ou exclusivement hip-hop, ou encore funky, quoi… Ou alors on a des invités, par exemple les participants d'un reality-show ou le cast d'un feuilleton. Et puis on a un contrat avec Valentino Rossi. Il devrait venir à la fin de l'été, mais il est un peu coincé car il a un tas de fan-clubs. On a reçu Roberto Farnese, l'acteur, il y a une semaine, précisément le soir où la fille a été assassinée. Quel bordel…

— Bordel ? Vous devriez être habitués, non ?

— Ouais, mais quand on reçoit des acteurs de feuilletons, il y a toujours un tas de gamines hurlantes qui se radinent. Elles se pressent à l'entrée et attendent là pendant plus de trois heures, si bien qu'on est obligés de les contrôler. Parce que, s'il y a un problème, c'est la boîte qui trinque, quoi… Ce soir-là, pour tout arranger, Renzo était absent et le Pousseur est arrivé en retard, bref, on était trois contre cinquante. Tu aurais vu ça… de temps en temps, un père se pointait et emmenait sa gosse à coups de gifles. On leur disait : "S'il vous plaît, monsieur, un peu de retenue !", mais en réalité on les aurait embrassés parce qu'ils nous délestaient d'un poids. Il y en a certaines… »

Tu viens de me faire une sacrée passe, mon gars, songea Massimo. Propre, précise, centrale. Il suffit de pousser d'un poil le ballon pour qu'il entre dans les buts.

Se transformant en l'image même de l'affabilité, il dit : « Ouais, j'imagine. Trois pour un tel bordel ? Si ça se trouve, il vous a fallu tenir une heure comme ça… »

Soudain, D. s'exclama :

« Une heure ? Mais non, on est restés là pendant deux heures et demie ! De minuit jusqu'à deux heures et demie. Ce crétin de Pousseur est arrivé après coup et, c'est vrai, il s'est bien démené…

Mais, putain, il aurait quand même pu être là plus tôt ! Et il a osé monter sur ses grands chevaux quand on le lui a reproché ! Il s'est mis à gueuler qu'il était à l'intérieur. Alors je lui ai dit : “Putain, mais t'es con, ou quoi, de nous abandonner au milieu de ce bordel ! T'as vraiment de la merde à la place du cerveau !” Sans compter qu'il n'était même pas à l'intérieur de la discothèque ! À tous les coups, il était en train de baiser quelque part. Ça lui est déjà arrivé, quoi… Pardonne-moi si je m'énerve, mais c'est toujours nous qu'on engueule ensuite.

— Je t'en prie, c'est normal. En tout cas, je crois comprendre qu'il y aurait de la demande pour un bar ouvert à partir de quatre heures, pas vrai ? »

Un silence lui répondit. L'autre garçon, qui n'avait pas encore desserré les dents, parut réfléchir un moment avant de se décider :

« Tu parles pour toi ? Ben, je sais pas. J'ai pigé ce que tu voulais faire, et c'est pas une mauvaise idée. Mais tu sais quoi ? Tu es trop près. Quand ils sortent, les gens montent en voiture et vont à Pise ou à Livourne, dans des endroits où ils retrouvent des copains qui ont passé la soirée ailleurs, quoi… Ici, t'es un peu isolé, à mon avis. En fait, je pourrais me tromper. Mais, bref, d'après moi…

— Tu as peut-être raison. De toute façon, je voulais juste me renseigner un peu. Je ne connais pas bien le milieu des discothèques, aussi… Je vous remercie d'être venus.

— T'as besoin d'autre chose ? On te laisse notre numéro, au cas où. »

Portier physionomiste, bien sûr. Toujours pratique de te connaître, de toute façon. Tu pourrais m'être utile. Massimo prit la carte de visite que le garçon lui tendait et la glissa dans son portefeuille. Ce faisant, il remarqua que ses mains tremblaient un peu. Raconter des bobards le secouait toujours.

Massimo regagna la terrasse et alla s'asseoir à la table du Dr Carli, qui l'avait attendu. Dès qu'il eut pris place, le médecin lui dit :

« Bon, je vais aller trouver Fusco et lui raconter ce que nous avons dit. J'espère réussir à lui faire changer d'avis, mais je ne sais pas si ce sera possible. Il faut que je te demande une nouvelle fois, en toute sincérité, si tu es absolument certain de ce que tu avances. Pardonne-moi de te harceler, mais tu comprends bien que cette histoire m'intéresse aussi d'un point de vue personnel.

— J'en suis certain. »

Le Dr Carli se leva, posa soigneusement sa veste légère sur son avant-bras et repoussa la chaise.

« Dans ce cas, j'y vais. Je reviendrai dès que j'aurai parlé à Fusco.

— Si vous avez l'intention de passer tout de suite chez Fusco, il vaut mieux que vous vous rasseyiez.

— Pourquoi ?

— J'ai quelque chose d'important à vous dire.

— Ça sera long ?

— Plutôt. »

Veste sur le dossier, assis. Et résigné.

Le médecin écouta, immobile, Massimo lui rapporter les propos des portiers physionomistes de l'*Ara Panic*, puis adopta un air un peu déconcerté.

« Bon, résumons-nous, si tu me le permets. Bruno ne peut pas être coupable car a) (le médecin saisit son pouce) il est trop petit et b) (il empoigna son index) il se trouvait ailleurs quand s'est produit ce qui s'est produit. Exact ?

— OK.

— Donc (le médecin pressa son majeur), l'assassin était sans doute quelqu'un de très grand qui connaissait Alina et qui ne dispose d'aucun alibi entre minuit et une heure, l'heure du crime. Exact ?

— Presque. Il ne possède pas d'alibi non plus entre quatre heures et demie et cinq heures, laps de temps au cours duquel on a découvert le cadavre. De toute évidence, il avait quelque chose à faire entre l'heure du crime et le moment où il a dissimulé le cadavre, environ quatre à cinq heures plus tard. Le commissaire vous a-t-il dit que Okay a vu la poubelle vide vers quatre heures et demie ?

— Oui, il me l'a dit. » Le Dr Carli hocha légèrement la tête en souriant. « Tu as eu un de ces bols… »

Massimo branla à son tour du chef et lui rendit, des yeux, son sourire. Quelques instants de silence s'ensuivirent, puis le médecin reprit :

« Alors, il semble qu'on l'ait trouvé. »

Ce n'était pas unc qucstion.

« Je n'en suis pas certain. Il nous manque encore lc mobile et les preuves, répondit Massimo qui se leva et poussa sa chaise sous la table. Mais franchement…

— Bon, je vais voir Fusco.

— Bonne journée. »

À l'intérieur du bar, Massimo retrouva les joyeux retraités, Aldo excepté, réunis devant le téléviseur. Ils se tordaient de rire en regardant un cartomancien maquillé à la Moira Orfei, la reine du cirque, demander d'une voix un peu aigre et plaintive :

« Alors tu as compris ? Écoute, chérie, les cartes sont formelles et, pardonne-moi de te le dire, hein, mais ce type-là ne veut pas de toi, pas même si tu restais à quelques mèèèètres. Si j'étais à ta place, je ne perdrais pas mon temps avec lui, il faut que tu te ressaisisses, hein. Les cartes sont formelles, ma mignonne. Hum. Hé, écoute… Quoi ? Et alors ? Alors tu n'as qu'à en dégoter un aaautre ! Je suis devin, mon chou, pas ta mèèèère ! Je me contente de te dire la vérité, hein ! Que ça te convienne ou pas, c'est comme çaaa. De toute façon, d'après les cartes, il ne veut pas te toucher, pas même avec une canne à pêche, c'est claaair ? Hé, vous, à la régie, vous voulez bien me couper cet appeeel ? Oooooh ! Ce qu'il faut pas entendre ! "Alors, Ofelio, qu'est-ce que je dois faaaire ? Qu'est-ce que je dois faaaire ?" Tu dois te réveilleeeer, voilà ! Tu es moche, d'accord, j'ai bien compris. Mais il y a un remède à tout, hein. Au pire, tu t'achèteras un tonneau, planteras un périscope dedans et te promèneras aveeec ! Mais si tu continues de casser les couilles à tout le monde de cette manière, tu ne trouveras jamais de fiancé, ma mignonne ! Qui veux-tu qui ait envie de se farcir une pareille emmerdeuse, hein ? Personne ! Pas même un ornithorynque ! Que les téléspectateurs me pardonnent, mais de temps en temps faut bien se défouleeeer !

— Ouais, pas difficile d'imaginer comment, toi, tu te défoules ! aboya Ampelio.

— Vraiment… renchérit Pilade, impassible. Pour être de la jaquette, il est de la jaquette !

— Et vous, Rimediotti, vous n'avez rien à ajouter ? demanda Massimo d'une voix glaciale.

— Nom d'une pipe, qu'est-ce que t'as, Massimo ? Tu n'arrives pas à avaler le camouflet de Fusco ?

— L'autre, là-bas, il avale, ça, c'est sûr, et vous savez quoi… dit Ampelio en indiquant le téléviseur.

— Vous ne comprenez donc rien ! Nous sommes ici dans un bar, pas dans votre salon. Certains pourraient ne pas apprécier. D'autres que moi, je veux dire. Et comme cet établissement m'appartient, le fait que je n'apprécie pas risque d'avoir des conséquences désagréables. »

Ampelio marmonna entre ses dents une phrase dont on ne comprit que quelques mots – « … caractère renfermé… » –, et Massimo acheva de garnir le lave-vaisselle. Penché sur le monstre, il entendit quelqu'un entrer. Aussitôt après s'éleva la voix d'Aldo, très gaie :

« Bonjour à tous, les beaux et les moches. Qu'est-ce que vous regardez à la télé ?

— Une émission d'astrologie et de divination, répondit Pilade sans détourner les yeux de l'écran.

— C'est pas con, ça, dit Aldo en suivant son regard. À mon époque on appelait ça “se faire entuber”, maintenant on dit “astrologie et divination”.

— Ouais, on en apprend tous les jours, à la télé… » commenta Pilade, l'air satisfait.

NEUF

Driiiiiing.
Driiiiiing.
Driiiiiing.
« Allô ?
— Allô, ici Aldo.
— Allô ?
— Massimo, c'est Aldo. Je voulais te…
— Allô ? Je n'entends rien.
— Massimo, c'est Aldo… dit Aldo en haussant le ton.
— Parlez plus fort ! Je n'entends pratiquement rien !
— Mas-si-mo, martela Aldo. On vient d'ap-peler du com-mis-sa-riat. On veut…
— Il est inutile de hurler comme ça, répondit calmement la voix de Massimo. Ceci est un répondeur téléphonique. Laissez un message après le signal sonore.
— Va te faire enculer ! » s'exclama Aldo après une brève hésitation.

« *BarLume*, bonjour.
— Allô, Tiziana ? C'est Massimo. Aldo est là ?

— Massimo, c'est le bordel ! Fusco a essayé de te joindre une bonne dizaine de fois, puis il est venu et a failli arrêter ton grand-père. Il est ici, je te le passe.

— Merci.

— Monsieur Viviani ?

— C'est moi, je vous écoute.

— Il faudrait que vous veniez sans tarder au commissariat.

— Sans aucun doute. Pourquoi vouliez-vous arrêter mon grand-père ? Ce n'est pas que je vous donne tort…

— À tout à l'heure au commissariat. Au revoir. »

Allez, habille-toi. De toute façon, cet homme ne peut pas s'estimer heureux tant qu'il n'a pas cassé les couilles à quelqu'un.

À son arrivée au commissariat, Massimo tomba nez à nez avec le Dr Carli, assis dans l'un des fauteuils, et Fusco, les fesses appuyées sur le rebord d'une fenêtre. Ils répondirent tous deux à son salut par un grognement – cordial, chez le médecin, plutôt porcin chez le commissaire.

« Asseyez-vous, merci.

— Salut, Massimo. » Le Dr Carli se leva et gagna l'autre fenêtre.

Le commissaire poursuivit :

« Nous vous avons convoqué, car nous avons du nouveau. Nous nous rendons compte que vous avez fait avancer l'enquête en nous évitant de formuler une accusation trop hâtive. Du reste, vous ne pouvez jouer aucun rôle officiel dans l'affaire. Toutefois…

— Toutefois ?

— Le fait est que… bref, les gens semblent avoir confiance en vous, raison pour laquelle vous avez obtenu des informations qui ne nous sont pas parvenues, bref… »

Gêné aux entournures, pas vrai ? Mon pauvre, je te comprends, songea Massimo, satisfait.

« Le jeune Messa a avoué où il se trouvait à l'heure du crime. Il semble que ce gamin, qui a sans nul doute les poches trop pleines, ait la bien belle habitude de se déboucher le nez avec un remède que la loi refuse d'inclure dans la pharmacopée officielle… » Le ton du médecin, qui avait repris les rênes de la conversation, était méprisant. « Voilà pourquoi, chaque fois qu'il doit actionner un peu le négligeable tas de guano qu'il a à la place de la masse encéphalique, il lui faut retrouver ses petits copains à la faveur de l'obscurité et leur acheter un peu de cocaïne. Exactement ce qu'il affirme avoir fait l'autre soir.

— Il nous a également indiqué qui lui vend la substance et qui la lui a vendue le soir en question, l'interrompit le commissaire. Un minable, un dealer à la petite semaine que nous connaissons depuis longtemps. Il ne sera pas difficile de confirmer cet alibi, même si cela nous prendra un peu de temps, je le crains. De ce point de vue, le gamin est sur le point d'être libéré, même si, compte tenu du temps qu'il nous a fait perdre, je lui broierais volontiers les doigts dans une meule, mais cela constitue également (le commissaire leva les yeux au ciel) un point de vue. Quoi qu'il en soit, je demeure convaincu qu'il ne nous a pas tout dit, raison pour laquelle il restera pour le moment à notre disposition. Actuellement, le problème est ailleurs. Bref…

— Bref, Massimo, intervint le médecin en posant sur son interlocuteur un regard significatif, j'ai raconté à monsieur le commissaire ce que les portiers physionomistes de la discothèque t'ont appris. Cela jette des soupçons plutôt pesants sur Piergiorgio Neri, surnommé le Pousseur, nous le constatons. De plus (le Dr Carli se tourna vers le commissaire qui l'encouragea, des yeux, à continuer), de plus, l'autopsie nous a révélé que la petite était enceinte. De quelques semaines. »

Silence. Ça aussi ? À en juger par la vie qu'elle menait et par tous ses amants, ça n'a rien d'étonnant. Pauvre gosse, quand on a la cuisse légère, ce sont des choses qui arrivent. Le problème, c'est quand on croit que cela n'arrive qu'aux autres… Le sens de l'affirmation du médecin se présenta à l'esprit de Massimo avec un instant de retard, interrompant le flux de bêtises qui entraînait son cerveau.

« Vous savez aussi de qui ? » interrogea-t-il.

Le commissaire s'exhiba dans une de ses spécialités : un regard torve, suivi d'un sourire en coin.

« Nous possédons l'empreinte génétique du fœtus, bien sûr. Mais pour établir l'identité du père, il nous faut procéder à une confrontation. Et pour effectuer une confrontation, nous avons besoin d'échantillons. » Il marqua une pause et joignit les mains, puis écarta et referma les doigts, tel un petit phoque moustachu. « Des échantillons de matériel qui fassent office de preuve devant les tribunaux. Je ne peux tout de même pas me déguiser en bohémienne, arrêter un type dans la rue et lui arracher un cheveu en brandissant l'excuse du mauvais œil… D'autant plus que le nombre de candidats à la paternité paraît plutôt élevé… »

Le médecin le foudroyant du regard, Fusco se hâta d'enchaîner : « Bref, nous nous sommes compris. Si vous me décriviez dans une déposition ce que vous avez vu quand nous avons retrouvé le cadavre et la conversation que vous avez eue avec ces deux jeunes gens, dont vous me diriez le nom, je pourrais convoquer le dénommé Neri (Neri ? pensa Massimo. Ah oui, le Pousseur !) en qualité de témoin. Si ses réponses ne me plaisaient pas, et je ne vois pas comment elles pourraient me plaire, étant donné qu'il continue de nier avoir jamais vu la fille, je le bouclerais en qualité de suspect et, pendant sa détention, demanderais l'autorisation de comparer son ADN avec celui du fœtus. » Il tambourina sur le rebord de la fenêtre, puis demanda : « Alors ?

— Alors, bien sûr. Je suis prêt. Les deux garçons se prénomment Dennis et Davide, vous ne devriez pas avoir de mal à les trouver. Pour la déposition, me voici.

— Parfait. Vous pouvez la faire tout de suite, si le Dr Carli veut bien nous laisser en tête à tête. Je la taperai moi-même à la machine. »

Massimo lança un regard interrogateur au médecin.

« L'agent Pardini s'est fracturé un poignet en tombant on ne sait comment de sa chaise, et l'agent Tonfoni l'a accompagné à l'hôpital Santa Chiara, à Pise, pour qu'il y reçoive les soins nécessaires, expliqua Fusco. Pourquoi souriez-vous ?

— Pour rien, pour des pensées qui ne regardent que moi. Alors, commençons. »

« … au moment de l'enlèvement du véhicule, j'ai remarqué que le siège destiné au conducteur se trouvait si bien reculé que seuls des individus d'une taille considérablement supérieure à la moyenne pouvaient être en mesure de le conduire, raison pour laquelle l'agent préposé audit enlèvement, Pardini Enrico (qui mesure un mètre quatre-vingt-dix), s'est vu obligé d'avancer ledit siège de façon à pouvoir manœuvrer aisément l'engin. Étant… blablabla. OK, je pense que ça convient, affirma Fusco.

— Certainement », déclara Massimo, qui ne pouvait s'empêcher d'admirer l'habileté avec laquelle le commissaire avait transformé sa déclaration simple et linéaire en un enchevêtrement baroque, capable de satisfaire aux critères immuables de la langue judiciaire. Bien sûr, Fusco avait contourné aussi rapidement qu'Alberto Tomba les piquets délimitant le tracé des piètres figures qu'il avait alignées le matin en question, mais l'important, c'était que la scène soit fixée sur le papier.

« Bien, lisez et signez. »

Massimo lut, approuva par de grands hochements de tête comme chaque fois qu'il n'y comprenait foutrement rien, ou qu'il ne prêtait aucune attention à ce qu'il lisait ou écoutait, et apposa sur la feuille une signature de collégien qu'il trouvait lui-même détestable, avec son M composé de trois arcs parfaits qui regardait de haut les lettres restantes, tracées avec une précision pédante et bien nettes.

« Nous pourrions encore avoir besoin de vous, aussi restez joignable. Pouvez-vous me donner votre numéro de portable ?

— Non.

— Pardon ?

— Je n'ai pas de portable. Si vous ne me trouvez pas chez moi, c'est que je suis au *BarLume*. Si je ne suis dans aucun des deux endroits, j'y serai avant la fin de la journée. Et il y a toujours quelqu'un au bar.

— Je l'ai remarqué, ne vous inquiétez pas. Dites plutôt à votre grand-père de faire un peu moins d'esprit. Sinon, la prochaine fois, je le coffre pour de bon. »

Massimo regagna le *BarLume*, où il fut accueilli par la joyeuse ovation des papys.

« À la grâce de Derrick !

— Alors, comment ça s'est passé ? Tu as été reçu à l'examen ?

— Oui, j'ai été reçu. Aldo aussi. En revanche, l'un d'entre vous l'a été un peu moins. Pas vrai, papy ?

— Qu'est-ce que je viens foutre là-dedans ? s'exclama Ampelio, tout sourire.

— Qu'est-ce que tu as dit à Fusco ?

— Je lui ai dit ce qu'il mérite. Je lui ai dit : "Vous avez été muté chez les gardiens de la paix ou quoi ? Comme je vous vois toujours au bar, et non à l'endroit où vous devriez être…" »

Massimo éclata de rire.

« Tu es génial ! Une partie de *briscola* avant que je file ? »

Chaises sous la table, verres marquant les places, et ainsi de suite. On n'y est pour personne. Moi, j'ai fait mon devoir, songea Massimo, maintenant c'est au tour de ceux qui sont payés pour ça. Et à partir d'aujourd'hui, je reprends mes fonctions de barman.

NEUF ET DEMI

« Bon, je voulais juste dire que cette histoire risque de ruiner totalement la réputation de mon client. Et quand je dis totalement, j'entends totalement. Sur le plan professionnel, comme sur le plan humain. Il est inutile, je crois, de vous expliquer pourquoi. Personne n'aurait plus confiance en lui après… après ce qui s'est passé. »

Et on n'aurait pas de mal à les comprendre, songea Massimo qui commençait à se demander pourquoi il avait accepté l'invitation à dîner au *Boccaccio* de l'avocat du Pousseur.

Certes, il imaginait bien qu'il aurait des nouvelles du videur, ne nous trompons pas. Après le bordel qui s'était produit, une absence de réaction chez l'homme aurait impliqué :

a) qu'il ignorait le rôle fondamental que Massimo avait joué dans le déroulement de l'enquête et donc dans sa mise en cause ;

ou bien

b) qu'il voulait tout simplement garder son calme, réfléchir et attendre de plus amples développements des événements.

Sa présence à Pineta rendait l'événement a) simplement impensable, et une connaissance minime du personnage annulait de fait le point b).

Massimo savait donc que le Pousseur finirait d'une façon ou d'une autre par réagir. Mais, connaissant sa renommée, il avait plutôt pensé qu'il ferait irruption dans le bar et se ruerait sur lui, les veines du cou gonflées, en compagnie de deux vassaux pleins de bonne volonté qui feindraient de le retenir, ou quelque chose dans ce goût-là. Or son arrestation avait transformé cette possibilité en hypothèse hautement improbable, raison pour laquelle Massimo avait cessé d'attendre une réaction directe de sa part.

Il s'était trompé.

La veille, à quinze heures trente, le bar savourait avec béatitude sa sieste méritée. Les pieds trempant dans une cuvette remplie d'eau, derrière le comptoir, Massimo était plongé dans un livre (*Les Vestiges du jour* de Kazuo Ishiguro, un beau roman à dévorer toutefois quand on est gai, sinon vous risquez de vous jeter sous un tramway). Dehors, à l'ombre du grand tilleul, le conseil jouait à la canasta et donc, une fois n'est pas coutume, se tenait à carreau. Sortant d'une BMW Z4, un homme de taille moyenne à lunettes en métal, esquisse de cheveux sur les côtés et crâne bien astiqué entra avec un sourire.

« Bonjour.

— Ça dépend, répondit Massimo.

— Pardon ?

— Ça dépend de vos intentions. Si vous désirez juste boire quelque chose de frais et profiter de l'ombre à l'extérieur, je pourrai continuer de lire bien tranquillement, et ce sera encore une bonne journée pour un moment. En revanche, si vous souhaitez parler de l'affaire Costa, vous m'obligerez à refermer mon livre, acte qui compte pour moi au nombre des possibles emmerdements. Dans ce cas, votre salut serait manifestement hypocrite. »

(Il faut dire, à la décharge de Massimo, qu'il avait tendance, quand il lisait un bon ouvrage, à s'identifier énormément à l'auteur et à son style, et que l'ouvrage en question est un récit à la première personne d'un majordome anglais à la fin des années cinquante.)

(Si l'on néglige le concept d'emmerdement, qui n'a en général rien à voir avec la façon de s'exprimer d'un domestique d'un certain rang, on peut avancer que la réponse de Massimo était fortement influencée par le langage qu'Ishiguro attribue à Stevens, le majordome.)

Pendant les instants de gêne qui s'ensuivirent, on n'entendit que le bruissement d'une page tournée et, venant de l'extérieur, une voix faible et de toute évidence sénile qui disait : « Que le diable vous emporte, la canasta de mon cul et toi, maudit crétin ! Si tu réfléchissais au moins une fois par an, ça te ferait vraiment du bien ! »

Sans se départir de son sourire, le nouveau venu interrogea :

« Pourquoi croyez-vous que j'aie envie de parler de l'affaire Costa ?

— Parce que, pas plus tard qu'hier, j'ai vu votre photo dans le *Tirreno*, assortie d'une légende qui disait : "Me Luigi Nicola Valenti, avocat de Piergiorgio Neri", répondit Massimo sans détourner les yeux de son livre. Puisque Piergiorgio Neri, dit le Pousseur, est soupçonné du meurtre d'Alina Costa en raison d'indices que j'ai moi-même contribué à fournir et que, malgré l'excessif relâchement des mœurs, deux plus deux s'obstinent à égaler quatre, il m'a paru évident que vous vouliez parler d'un sujet concernant votre client. »

Toujours souriant, Me Valenti bondit sur un tabouret au comptoir.

« Eh bien, on m'a dit que vous étiez un excellent observateur, et je constate que c'est exact. On m'a également dit que vous étiez antipathique.

— Erreur, répliqua Massimo, le nez toujours plongé dans son roman. Je suis très sympathique. Je déteste tout simplement que les gens se croient autorisés à me casser les couilles, ce qui se produit plutôt fréquemment depuis que la petite a été assassinée. Puis-je vous offrir quelque chose à boire ?

— Pourquoi pas ? Un café ?

— Non, c'est hors de ma portée.

— Pardon ?

— Comme vous pouvez le voir, mes mouvements sont en ce moment entravés par la cuvette dans laquelle j'ai les pieds. La machine à café est trop loin. Vous pouvez boire tout ce qui se trouve de ce côté du comptoir, thé glacé, bière, eau et boissons fraîches, granité sicilien, fabriqué comme il se doit avec des citrons d'Erice, ou encore granité au café. Ce n'est pas peu, vous en conviendrez.

— Bah… un granité au café, merci.

— Avec de la crème fraîche ou sans ?

— Sans, merci. Alors…

— Avec une brioche ou pas ?

— Un granité avec une brioche ? C'est la première fois que j'entends ça.

— Vraiment ? » Massimo semblait sincèrement désolé. « Comme c'est triste ! Alors ?

— Sans brioche, merci », répondit Me Valenti, dont la voix commençait à trahir une infime irritation.

Massimo se leva. Les pieds toujours au frais, il glissa dans son livre un dessous-de-verre en carton en guise de marque-page et le posa. À l'intérieur comme à l'extérieur, le silence régnait.

« Alors, reprit l'avocat. Au point où nous en sommes, il vaut mieux ne pas perdre trop de temps en préambules et aller droit au but. Mon client m'a prié d'organiser une rencontre.

— C'est-à-dire ? demanda Massimo qui, laissant comme d'habitude la bride à son imagination, se représenta un tableau d'affichage frappé de l'inscription “Ce soir, grande rencontre comptant pour le titre de champion régional des poids lourds (d'un côté) – welter (de l'autre) entre le champion Piergiorgio Neri, dit le Pousseur, et le challenger Viviani Massimo dit le Barman”, assortie de la photo des deux rivaux en peignoir.

— Une rencontre entre deux personnes courtoises, en l'occurrence vous et moi, qui s'assoient à une table et discutent dans le but de comprendre ce qui s'est produit et de déterminer une stratégie.

— Une stratégie ? Je ne comprends pas.

— Eh bien, une stratégie visant à établir ce qui s'est passé afin de clarifier l'amoncellement de coïncidences et de suppositions erronées qui, par une incroyable combinaison, se sont transformées en indices accusant mon client. Vous devez bien savoir que…

— Je ne sais qu'une seule chose : que je dois de toute évidence changer d'enseigne. Que je dois remplacer la mienne par une plaque en marbre indiquant "Commissariat" (Massimo haussa le ton). Comme ça, les gens recommenceront à demander un café en entrant, au lieu de me hacher menu les couilles avec ce crime ! La prochaine fois que je trouverai un cadavre dans une poubelle, je me constituerai prisonnier et m'accuserai du meurtre, bordel ! Ça me permettra au moins d'avoir un peu de tranquillité.

— D'accord, mais vous conviendrez sans doute…

— Non, vous, vous convenez sans doute qu'il est normal qu'on défile ici, primo, pour me conduire auprès d'un cadavre, deuzio, pour m'amener à identifier l'assassin et maintenant pour le libérer. Bonjour, Tiziana ! dit-il à l'adresse de la jeune femme qui venait d'entrer. Trop, c'est trop ! »

Me Valenti plongea sa cuiller dans le granité, la porta à sa bouche et parut savourer son contenu. Il demanda, sans lever les yeux :

« Puis-je vous dire une chose ?

— Je vous en prie. Nous sommes en démocratie.

— Voilà, justement. Nous sommes en démocratie. Nous vivons dans un pays où nous possédons tous des droits. Cela implique que nous avons aussi des devoirs, dont le respect nous permet en général de conserver nos droits. Vous me suivez ?

— Oui.

— Eh bien, dans la vie, les choses sont ce qu'elles sont, et non ce qu'on souhaiterait qu'elles soient. Je suis désolé que vous ayez été entraîné dans une affaire de meurtre à laquelle vous semblez d'ailleurs totalement étranger, désolé que certaines de vos observations et le fait que vous connaissiez des individus liés à cette affaire vous y aient entraîné davantage. Nous sommes bien d'accord, vous souhaitez prendre vos distances. Malheureusement, vous connaissez les faits et vous en êtes témoin. Le problème, ce n'est donc pas que vous soyez impliqué ou non dans l'affaire, c'est que vous avez le devoir d'y être impliqué. Bien sûr, vous ne l'avez pas cherché, mais je me permets entre parenthèses de vous faire remarquer que d'autres, non plus, ne l'ont pas cherché et qu'il leur est échu un sort bien plus pénible que le vôtre. Arrêtez donc de vous poser en victime et faites votre devoir, après quoi vous pourrez retourner à votre livre. À moins que, comme vous en avez émis le vœu, on ne vous arrête d'abord par erreur en vous accusant de meurtre, ce qui semble se produire fréquemment ces derniers temps. »

L'avocat tendit une carte de visite à Massimo, qui la déchiffra avant de répliquer :

« Dites-moi quand.

— Demain soir, à dîner ?

— Très bien. Je vous appellerai pour que nous nous mettions d'accord. Au revoir. »

Tandis que l'avocat sortait, Massimo demanda d'une voix faussement indifférente :

« Tiziana, tu peux me remplacer demain soir ?

— Bien sûr, chef. Je ferai tout ce qu'il faudra pour que tu puisses accomplir ton devoir.

— Merci.

— Sympa, cet avocat, pas vrai ?

— Nous venons de parler de mes devoirs. Tu veux que je te rappelle les tiens ou tu préfères aller toute seule nettoyer les chiottes ? »

Munie d'un seau et d'une paire de gants, Tiziana contourna le comptoir en tirant la langue à Massimo.

« Ce que tu peux être rancunier… »

Massimo reprit son livre dont il ôta ostensiblement le marque-page.

« Je déteste avoir tort.

— Bordel ! C'est la première fois que je t'entends l'admettre !

— C'est la première fois que tu es là quand ça arrive. Si tu le racontes aux vieux, je t'étrangle. »

C'est ainsi que Massimo, pénétré de son rôle de Personne Sérieuse, s'était retrouvé au *Boccaccio* avec l'avocat. Ils s'étaient assis à une table légèrement à l'écart dans la prétendue « salle des artistes ».

Cette salle tirait son nom des posters des peintres préférés d'Aldo – Hokusai et Jack Vettriano – qui en ornaient les murs. Les autres salles arboraient, quant à elles, d'horribles daguerréotypes de marins et d'ouvriers agricoles du siècle dernier, mêlés à des agrandissements du cuisinier immortalisé en tenue de chasse auprès des plus belles proies de sa carrière.

Massimo et Me Valenti dînèrent en parlant de tout et de rien. Malgré sa maîtrise de droit, l'avocat était un homme intelligent, quoique relativement dénué d'humour. En outre, il possédait une remarquable culture générale. Aussitôt après le café, il exposa ses inquiétudes.

« Il y a un détail qui m'échappe, objecta Massimo.

— Quoi ?

— Le Pousseur, euh… votre client, a été arrêté. Point. Je ne comprends pas pourquoi vous êtes aussi inquiet. Êtes-vous certain que, dans l'état actuel des choses, il sera condamné ?

— Non, bien au contraire. Il n'y a pas de preuves. Il n'y a pas de mobile. Il n'y a que le témoignage d'un barman – veuillez m'excuser, mais c'est ainsi – qui déclare que le siège de la voiture de la victime avait été reculé. Certes, mon client ne dispose pas d'alibi. Mais un procès digne de ce nom ne parviendrait même pas au stade de l'alibi. Ici, nous ne sommes pas au Burundi : pour déclarer un homme coupable de crime, il faut démontrer sa culpabilité au-delà de tout doute raisonnable. S'il n'existe pas de preuves contre lui et s'il n'y a pas de mobile, aucun jury ne peut le condamner. L'arrêter, c'était déjà excessif. Mais il est difficile d'attendre mieux de la part de notre commissaire.

— Et donc ?

— Le problème, c'est que si mon client ne peut être déclaré coupable par l'État, il l'a déjà été depuis longtemps par la communauté. En d'autres termes, mon client n'ignore pas que ce village est petit.

— Et que les bruits courent.

— C'est ça, les bruits courent. La presse locale écrit, et elle écrit ce que les gens ont envie de savoir. Certains journaux parlent presque exclusivement de drames et oublient même d'être objectifs en matière de météo, alors vous imaginez la déontologie qui peut être la leur dans une affaire de ce style… Les gens lisent les journaux, ils les commentent et tirent des conclusions. Mon client va bientôt devenir "l'homme qui a tué la gamine et qui l'a traînée dans la boue". Voilà ce qu'il veut éviter. »

Dans ce cas, il lui faut tuer le reste du village, aurait aimé répliquer Massimo. Mais il décida de jouer son rôle de Personne Sérieuse et se contenta de demander :

« Comment pensez-vous agir ?

— Il n'y a qu'un moyen, selon vous. Et je vous approuve. Il faut découvrir le coupable et parvenir à prouver sa culpabilité.

— Il faut donc que je me répète. Comment pensez-vous agir ?

— Nous devons tout reprendre du début. Interroger les amis de la victime, reconstruire son emploi du temps. Découvrir où elle était pendant les heures où personne ne l'a vue. Chercher, fouiller. Hélas, c'est le seul moyen.

— Pardonnez-moi, mais qu'est-ce je viens faire là-dedans ?

— Vous étiez sur place quand le corps a été retrouvé, et d'ailleurs vous avez déjà apporté votre contribution (l'avocat sourit) sur ce chapitre. Je sais que êtes lié à la meilleure amie de la victime. Je parle de Giada Messa, la sœur du premier suspect.

— Je la connais, c'est tout.

C'est ça, vous la connaissez. Seriez-vous prêt à exploiter cette connaissance ?

— Ça dépend, répondit Massimo, qui passait en revue toutes les significations que le mot "exploiter" pouvait prendre, rapporté à une Lolita de dix-sept ans.

— Seriez-vous prêt à poser discrètement à cette jeune fille et à son frère des questions précises au sujet de la victime ? Des questions que je vous suggérerais ?

— Je ne sais pas. Je ne crois pas être l'homme qu'il vous faut.

— Foutaises ! Pardonnez-moi, mais dans ce genre d'affaires, on se confie beaucoup plus facilement à un étranger qu'à des connaissances ou à la police. Je ne pense pas que la fille ait dit tout ce qu'elle savait au commissaire, en particulier après l'arrestation de son frère. Et puis, c'est vous qui avez tiré le garçon de prison. Voilà pourquoi ils ont sans doute confiance en vous. Le frère dispose peut-être, lui aussi, d'informations utiles. Au fond, il avait rendez-vous avec la victime le soir du crime. Il est possible qu'il ait gardé certains détails pour lui. Vous nous seriez très utile. »

Massimo était mal à l'aise. Certes, il brûlait de savoir comment cette histoire se terminerait, mais l'idée d'y replonger les mains lui donnait la nausée.

« Excusez-moi, maître. Je vais être franc avec vous. Je crois que cela ne nous mènerait nulle part. Chacun de nous a ses propres convictions, qu'elles soient bonnes ou mauvaises. Mais questionner les gens n'est pas dans mes cordes. Les irriter, oui. Les faire réfléchir, parfois. Les faire parler, les écouter avec compréhension dévider l'histoire de leur vie, ça non. Ça me cause des problèmes. Ce n'est pas mon genre.

— Je vous comprends mais, vous aussi, essayez de me comprendre. Cette possibilité est fondamentale pour la reprise de l'enquête. »

Il convient à présent d'apporter une précision. Il existait environ dix mille situations susceptibles d'énerver Massimo. Or l'une d'elles l'énervait plus que toutes : opposer un refus à quelqu'un et voir cette personne non seulement s'en moquer totalement, mais encore tenter de le convaincre comme on le fait avec un enfant de six ans. Cela s'appliquait à tout le monde, depuis les vendeurs ambulants, jusqu'à sa mère. Quand c'était le cas, Massimo se mettait immanquablement en rogne comme un gorille.

« Je me rends compte que je n'ai pas été assez clair ! s'exclama-t-il. Je refuse ! Et ce, parce que je ne m'en sens pas capable. C'est un refus définitif, car je n'ai pas l'intention de changer d'avis. N'insistez pas !

— Voyons, ne vous inquiétez pas. Nous nous en occuperons ensemble. Il nous faut juste…

— Au revoir ! »

Il se leva et tourna les talons, laissant l'addition à régler : De toute façon, ce type est avocat, il ne doit pas avoir de problèmes d'argent, pensait-il.

Allongé dans son lit, un peu plus tard, Massimo retournait toujours en pensée à la soirée. En particulier à ce que lui avait demandé l'avocat. Il lui avait demandé de poser des questions. De poser *discrètement* des questions. C'était ça qui clochait. En quoi la discrétion pouvait-elle favoriser la poursuite de l'enquête ? Ne valait-il pas mieux faire du vacarme ? Non, se répondit Massimo, faire du vacarme n'était pas dans l'intérêt de Me Valenti. L'intérêt de Me Valenti résidait peut-être bien dans ce qu'il avançait : identifier d'autres assassins possibles.

Massimo avait pensé que l'avocat œuvrait uniquement dans l'intérêt de son client, voilà pourquoi il était monté sur ses grands chevaux et avait tourné les talons comme un gosse qui emporte son ballon. À présent, il n'en était plus si sûr.

Une chose, en revanche, était sûre et certaine.

Ce meurtre s'était insinué dans sa tête et refusait d'en ressortir.

DIX

« “Trop de failles, le portier physionomiste reste en prison. Reportage de Pericle Bartolini.” Silence, hein ! “Pineta. Après quatre heures d’interrogatoire, la clarté a été faite sur la position de Piergiorgio Neri, le populaire Pousseur, depuis longtemps animateur des nuits VIP de Pineta, qui a été officiellement mis en examen. Interrogée hier par Artemio Fioretto, le substitut du procureur, la célébrité a reconstitué son emploi du temps le jour du crime, assistée de son avocat, Luigi Nicola Valenti.” Nom d’une pipe, je parie que c’est le fils du Valenti de San Piero, le réparateur de vélos ! “La version des faits que Neri a fournie est simple : il prétend être rentré à vingt heures d’une promenade en bateau et être resté chez lui jusqu’à une heure, victime de dérangements gastro-intestinaux aigus et d’une forte fièvre causés par l’absorption d’aliments avariés.” Et comme décrocher le téléphone lui demandait trop d’efforts, il s’en est dispensé, de peur de se chier encore plus dessus. C’est ça ! À d’autres ! “Personne n’étant toutefois en mesure de confirmer ses dires, le substitut du procureur a ordonné que Neri demeure en détention préventive…” Scrogneugneu, manquerait plus qu’il soit libéré ! “… tout du moins jusqu’à l’examen de l’adéhenne prévu pour aujourd’hui, grâce auquel on pourra au moins déterminer si le fœtus était biologiquement l’enfant de Neri et établir un lien éventuel entre la victime et le sujet – lien qui échappe pour le moment aux autorités compétentes, bien qu’elles soient convaincues que le portier physionomiste en sache plus long qu’il ne veut bien l’avouer. Il existe, en effet, de trop nombreux points communs entre le populaire portier physionomiste et le portrait-robot de l’assassin : l’absence d’alibi entre vingt-trois heures et une heure, laps de temps pendant lequel la jeune fille a été tuée, mais également entre quatre heures et demie et six heures, moment où le cadavre a été dissimulé dans la poubelle. De plus, Neri mesure un mètre quatre-vingt-dix-huit, élément qui correspond aux relevés de la police scientifique…” C’est ça, si on avait dû les attendre, on aurait été bien avancés ! “… selon lesquels le conducteur du véhicule à bord duquel la jeune fille a été amenée dans cet horrible cercueil improvisé devait être d’une taille exceptionnellement grande.” Comme toi, Pilade. »

Ampelio baissa le journal et avala une gorgée du thé glacé qu’il détestait. Pendant ce temps, Del Tacca, autrefois réformé parce qu’il mesurait moins d’un mètre soixante, s’apprêtait à allumer sa redoutable Stop sans filtre, après avoir mangé une crème glacée.

« Écoute-moi bien, espèce de chieur, déclara-t-il en fourrant entre ses lèvres cette clope à l’odeur pestilentielle. Primo, si je suis petit, c’est parce que le poids de ma cervelle m’écrase depuis une éternité. Deuzio, si t'arrêtes pas de faire des commentaires à la con en lisant le journal, mieux vaut attendre Rimediotti. J'ai rien compris à ce que tu as dit !

— Ah bon, je croyais que t'étais Einstein ! "Ma cervelle est lourde, ma cervelle est si lourde que ça me donne de l'arthrose cervicale…" Du reste, si elle se contentait d'être lourde…

— Papy, intervint Massimo. Un commentaire de temps en temps, c'est drôle. Un toutes les dix secondes, non. À force de t'écouter, on perd le fil. »

Il s'était désormais résigné à l'idée que les vieux continuent de parler de l'assassinat. D'accord. Mais laissez-moi au moins comprendre l'article, pensait-il : avec tout ce que j'ai à faire, je n'aurai jamais le temps de le parcourir, bordel. Rimediotti est déjà assez énervant comme ça : il a l'air de déchiffrer un journal en majuscules et martèle tous les mots qu'il ignore.

« Massimo a raison, dit Aldo. On croirait entendre les notes de bas de page d'un vieux bouquin. Lis donc ce qu'il y a écrit et fais tes commentaires ensuite. »

Tout en marmonnant une phrase au sujet de jeunes et de vieillards également fascistes, Ampelio reprit le journal et acheva sa lecture. La fin de l'article n'ajoutait pas grand-chose au tableau, si ce n'est que « les enquêteurs gardaient la plus grande réserve » à propos du mobile qui aurait pu conduire le Pousseur à tuer la fille.

« En d'autres termes, ils n'en savent foutrement rien, déclara-t-il enfin, sans que personne y trouve désormais quoi que ce soit à redire.

— Parce que toi, oui ? lança Del Tacca sur le ton de la polémique.

— Non, j'en sais rien.

— Mais il y a vraiment trop de points communs, reprit Aldo. Primo, il est grand. Deuzio, personne ne sait où il était ce soir-là. Tertio, comme par hasard, l'assassin a attendu la fermeture de la discothèque pour aller planquer le cadavre. Allons…

— Ouais, répliqua Del Tacca, mais pourquoi il l'aurait tuée, d'après vous ?

— Parce qu'il l'avait mise en cloque ! s'exclama Ampelio. Si ça se trouve, elle ne voulait pas avorter, et alors il l'a zigouillée.

— C'est ça ! Sur ce, Savonarole s'est pointé et lui a décerné une médaille ! Arrête, Ampelio, on n'est plus au Moyen Âge !

— Moi, je pense que c'est possible, dit Aldo. Peut-être pas de sang-froid. C'est pas rare qu'on entende parler de types qui zigouillent des filles parce qu'elles les ont largués, ce genre de trucs, quoi… Toi, par exemple, je suis sûr que t'aurais paniqué si une gonzesse t'avait annoncé de but en blanc, quand t'étais jeune, que tu l'avais engrossée. Alors imagine le Pousseur, avec la vie qu'il mène…

— Mouais… Pour moi, engrosser une fille, c'est pas un bon motif pour la tuer. Qu'est-ce que t'en penses, Tiziana ? »

Sans cesser de couper des sandwiches, Tiziana répondit d'une voix acide :

« Je pense qu'on comprend tout aussi bien quand on emploie l'expression "mettre enceinte". Alors si l'un de vous s'obstine à employer des synonymes de ce goût-là, je lui empoisonne sa liqueur.

— Misère, ce qu'elle peut être bornée… grommela Ampelio.

— Bon, reprit Del Tacca. On réfléchit, on réfléchit, mais d'après moi la police n'a pas plus trouvé de mobile que nous.

— Il a raison, affirma le Dr Carli, qui pénétrait dans le bar à ce moment-là. Elle n'a pas ce que vous dites. »

Taratata. Effet aimant. Le médecin entre, et tout le monde se retourne, comme à l'arrivée de Claudia Schiffer.

« Bonjour, la médecine légale ! dit Massimo. Vous prenez quelque chose ?

— Si je peux décider quoi, oui. » Le ton du médecin était curieusement aigre.

« Bien sûr ! Quelle question ! Vous pouvez commander ce que vous voulez. » Massimo avait l'air d'un documentaire sur le professionnalisme. « Mais que ça vous soit servi dans un délai que vous estimez raisonnable, c'est une autre paire de manches.

— D'accord. Sache toutefois que j'ai la bouche sèche et que, quand on a la bouche sèche, on ne s'exprime pas très bien. Ce qui est dommage, car j'ai un tas de choses à raconter. Un cappuccino, merci. »

Sans un mot, Massimo alla à la machine et entreprit de préparer la mousse de lait.

« Bon sang de bonsoir, il faut que j'essaie ! lança Ampelio.

— Je ne crois pas. » La voix de Massimo était neutre, tandis qu'il posait la tasse sur la soucoupe. « J'ai rarement envie d'entendre ce que tu as à raconter. »

Silence empreint de curiosité. Pendant quelques instants, du moins. Du genre : « On brûle tous de poser la même question. Qui commence, hein ? Quelqu'un veut bien se décider ? Pourquoi nous montrons-nous soudain si bien élevés ? »

« Ouais. » Aldo s'en chargea, déterminé. « Bon, c'est quoi, cette histoire du mobile ? »

Le médecin, qui dégustait triomphalement son cappuccino, reposa sa tasse et s'assit sur un des tabourets, au comptoir.

« Le mobile, le mobile. Si j'accepte de vous le révéler, c'est uniquement parce que vous l'apprendrez de toute façon demain. Le laboratoire d'analyses était assailli par les journalistes. Et vous pouvez être certains que ce crétin de laborantin ne va pas se gêner pour tout leur raconter ! »

Pause destinée à accroître la tension dramatique. Gorgée préalable et satisfaite de cappuccino, bouche soigneusement nettoyée et jambe croisée. Maintenant on peut parler.

« La fille était enceinte. Ça, vous le saviez. Et vous aviez même établi qui était le père de l'enfant à naître, pas vrai ? Piergiorgio Neri, c'est ça ? »

Nouveau silence. Petit doigt effectuant un signe de dénégation.

« Eh bien non. Le fœtus n'a aucun lien de parenté avec Neri. D'ailleurs, vous disposez aussi du code génétique de l'autre accusé, qui pourrait toujours être impliqué, essayez-le… »

Regards d'incrédulité du conseil, qui comprend au quart de tour.

« … et clic, les segments s'encastrent ! Ils s'encastrent si bien qu'ils ont l'air faux. Ils sont identiques, ça ne fait pas de doute. »

Effroi.

« Bruno Messa ? » interrogea Aldo.

Le médecin hocha gravement la tête tout en finissant son cappuccino bien mérité.

« Tout juste. Mais c'est là que les choses se compliquent. Vous comprenez maintenant qu'il devient difficile d'établir un lien entre Alina et le Pousseur. De plus, il se trouve que Messa n'avait pas dit tout ce qu'il savait. Qu'on soit distrait, passe, mais il y a certaines choses qu'on pourrait se rappeler quand on fait une déposition. Bref, je n'espérais pas vraiment que l'histoire du bébé résoudrait l'affaire, mais, bordel, si on m'avait demandé de parier sur l'identité du père…

— Ah, tu étais sûr de gagner ? »

Le ton, le ton. C'est toujours le ton qui fait la différence. La même question, formulée sur deux tons différents, peut conduire à une réponse ou à une rixe. En l'occurrence, le ton d'Ampelio ne trahissait pas de réelle curiosité concernant les convictions du médecin, mais soulignait lourdement les qualités de la victime, en particulier dans le domaine « chasteté et bonnes mœurs ». Par conséquent, seules sa bonne éducation et l'inopportunité d'assener des coups de chaise à un octogénaire empêchèrent le Dr Carli de donner au discours une suite digne d'un western.

Malgré tout, la conversation s'interrompit un instant. Un instant, juste assez pour que la voix de Tiziana s'y insinue :

« Alors ? »

Par provocation ou par admiration, le médecin s'adressa à la jeune femme, et non au chœur.

« Alors, c'est le bordel. On a deux suspects. Le premier ne peut en aucune façon avoir commis le crime. Il est donc relâché. Le second, qui, entre parenthèses est le coupable (hochements de tête prononcés de la part des papys qui s'efforçaient de retrouver leur rang de public privilégié), a passé une nuit qu'on croirait fabriquée tout exprès pour l'inculper, mais comme on est en Italie et non chez les talibans ou aux États-Unis, on ne peut condamner personne sans preuves. Et il n'y a pas l'ombre d'une preuve dans cette affaire. Néant. Moralité : dans quelques mois, la police le relâchera et il donnera des interviews à des magazines people tout en sirotant un daiquiri en compagnie d'une beauté compréhensive, au caractère bien trempé, pour raconter qu'il a souffert en prison et que cette expérience lui a gâché la vie. »

Le Dr Carli se tourna pour exposer ses conclusions aux retraités :

« C'est cuit, vous verrez. Il est impossible d'établir un lien certain entre Alina et le Pousseur, car des milliers de personnes gravitent autour de lui et elles fourniront au moins soixante-dix versions différentes des faits. La police le relâchera avec ses excuses, elle fera semblant de poursuivre l'enquête pendant quelques mois avant de classer le dossier. Et puis, un jour, en regardant la télé, on tombera sur une émission consacrée à l'affaire Costa qui reconstituera les faits avec précision et interrogera les témoins. Alors, on sera bien obligés de se rendre compte que c'est terminé, qu'Alina est morte et qu'on n'y peut rien, qu'on n'est même plus capables de jouer aux enquêteurs car on en a perdu l'envie.

— Moi, je ne l'ai pas encore perdue. » S'élevant du comptoir, la voix de Massimo était calme. Il ne s'agissait pas d'une proclamation, juste d'une constatation. « Bébé mis à part, pour quelle raison le Pousseur aurait-il bien pu tuer Alina ?

— Je l'ignore, Massimo, je l'ignore.

— Moi aussi. Mais ça ne signifie pas qu'il m'est impossible de l'apprendre. Vous savez, quand on demandait à Newton comment il parvenait à résoudre des problèmes aussi compliqués que ceux qu'il affrontait, il répondait que c'était facile, qu'il suffisait d'y penser tout le temps. Je ne suis pas Newton, ça, c'est sûr… » Pause pour se verser un peu de thé. « … mais si quelque chose échappe à ma compréhension, je n'arrive pas à m'en débarrasser, je me triture les méninges du matin jusqu'au soir, tous les jours, jusqu'à ce que j'aie pigé.

— Et si tu ne piges pas ?

— Ah, inutile de s'inquiéter pour ça ! Tôt ou tard, je pense à un nouveau problème et j'oublie l'ancien. »

ONZE

« Non, c'est inutile. Je capitule. Je n'y comprends foutrement rien. »

Confortablement assis au volant de sa voiture, le siège, sa chemise blanche et son dos collés malgré les vitres ouvertes par un bon litre de transpiration, la climatisation allègrement cassée depuis un mois, Massimo parcourait l'autoroute en direction de Rosignano. Il allait se baigner dans la vraie mer de la Maremme, pas à Pineta – où l'eau trouble vous empêche de voir vos pieds, y compris à dix centimètres de profondeur –, et rien, un jour comme celui-là, n'avait le pouvoir d'entamer sa bonne humeur. En voiture, de surcroît, il pouvait soliloquer autant qu'il le voulait, sans qu'on lui lance des regards torves : les éventuels spectateurs pensaient tout au plus qu'il avait actionné le haut-parleur de son portable.

Massimo se disait souvent que la voiture change du tout au tout la personnalité des gens ; plus précisément, il se le disait chaque fois qu'il s'emportait de façon indécente contre les autres automobilistes, coupables d'occuper la route qui lui revenait de droit, alors qu'ils ne savaient foutrement pas conduire. Ces individus mêmes qui lui auraient tiré tout au plus un haussement d'épaules s'ils lui étaient passés devant à la boulangerie. Parce que vous êtes dans votre voiture, dans votre coquille, seul avec vous-même, et donc totalement sincère, sans craindre de répercussions sociales telles que des regards de réprobation ou des coups de poing, vous vous fichez en rogne. Autour de vous, les êtres humains cessent d'être des personnes : ils se transforment en acteurs à l'intérieur d'un téléviseur en mouvement, en d'étranges poissons rouges qui vous croisent – certains trop vite pour que vous puissiez les distinguer, d'autres trop longtemps pour que vous leur permettiez de continuer à circuler en toute légalité, comme ce papy à chapeau qui roule juste devant vous à soixante-dix kilomètres à l'heure sur l'autoroute, mais, pas de panique, le jour où vous serez nommé ministre des Transports, les plus de soixante-dix ans cesseront de conduire, bordel.

« Bref, résumons-nous. Le jeune crétin ne peut avoir tué personne, du moins personne à l'heure où la fille est morte, voilà un fait. Cependant le même individu a eu le temps de la mettre enceinte, et cela aussi est un fait. S'il n'est pas l'assassin, le type qui a fourré le cadavre dans la poubelle mesure plus d'un mètre quatre-vingt-dix. Un fait. Regarde-moi ce connard qui te dépasse sur la droite, ça aussi c'est un fait… AC 002 NY. J'espère qu'il va se planter. »

Dehors, les collines défilaient doucement, telles des vagues d'herbe et de terre, et Massimo se laissait parfois distraire par le paysage.

Il alluma l'autoradio, capta à temps le début d'une chanson qu'il aimait beaucoup – *Walk Like an Egyptian* des Bangles – et ne pensa à rien pendant toute sa durée. Quand la musique céda le pas à un sinistré mental qui se croyait drôle, il éteignit l'appareil et reprit son discours.

« Hypothèses. Le Pousseur avait un autre mobile. Il a peut-être appris que la fille était enceinte et a pensé que c'était de lui. Est-ce qu'on peut tuer pour ça ? J'espère que non. Mais non, voyons, c'est impossible ! Pour quelles raisons le Pousseur pourrait-il tuer ? Pour quels motifs tue-t-on en général ? Bon, dans un roman d'Agatha Christie, on tue uniquement pour de l'argent, ou alors on tue sa première femme qu'on croyait morte, parce qu'on s'est remarié entre-temps et qu'elle vient de ressurgir. On l'enferme dans un cagibi avec un crocodile, et le tour est joué. Dans les polars de Nero Wolfe, on a toujours affaire à des maîtres chanteurs éliminés par leurs victimes humiliées, à des pères opposés au mariage de leurs filles, et ainsi de suite. On tue toujours dans lc but d'obtenir quelque chose. Dans les bouquins, on ne tue ni par haine ni pour se débarrasser d'un obstacle. Dans les bouquins… Dans la vraie vie, en revanche, on tue presque toujours sa belle-doche parce qu'elle vous casse les couilles depuis vingt ans. Alors, pour quelle raison un Pousseur de la vraie vie tuerait-il ? Par jalousie ? Non. À mon avis, il s'en contrefout. Parce qu'on le fait chanter ? Peut-être. Mais il lui faudrait alors un motif susceptible de le terrifier. La drogue, par exemple. Quand on est portier physionomiste dans une grosse discothèque, on rencontre un tas de gens. C'est possible. Ou plutôt c'est probable. D'autant plus que la gamine s'y entendait certainement en matière de drogue, étant donné qu'elle sortait avec Messa, un type capable de sniffer jusqu'aux chaussettes de Totti, ou d'autres stars du football, hachées menu. Quoi qu'il en soit, j'en ai rien à foutre. C'est à Fusco de s'en occuper, il n'a qu'à se bouger les fesses. Il faut que j'arrête de penser à ça, sinon je vais perdre la boule. Bon, je fais une halte au restoroute, un bel arrêt pipi et ça repart. »

Ayant avisé le bistrot, Massimo actionna son clignotant. Il s'apprêtait à se déporter sur la voie d'accès quand une Porsche noire le dépassa et lui coupa la route. Il pila en bloquant ses roues et poussa un juron.

Il pénétra dans le restaurant, les jambes flageolantes.

Sur le chemin du retour, fatigué et satisfait, la peau tirant à cause du sel, souvenir désagréable d'agréables plongeons dans les flots, Massimo se remit à penser au crime. Si, le matin, ses pensées s'entassaient dans son esprit sans la moindre cohérence, en fin d'après-midi les concepts y affluaient lentement et sûrement, se laissant examiner sous tous les angles et s'enchaînant dans le bon ordre. L'hypothèse drogue, donc, lui plaisait. En revanche, s'il lui fallait être pointilleux (et Massimo y excellait toujours), quelque chose clochait de plus en plus. Une phrase que l'avocat avait prononcée au cours du dîner, la veille, et qui l'obsédait. Il avait dit : « La fille est tuée vers minuit. » Or, étrangement, personne ne l'avait vue au cours des heures qui avaient précédé le crime. Ni au dîner, chez elle

– ce qui n'avait rien d'étonnant puisqu'elle avait téléphoné à sa mère pour lui annoncer qu'elle dînait dehors –, ni après le dîner. Soit elle était allée dans un endroit où personne ne la connaissait, soit elle avait passé trois à quatre heures toute seule hors de chez elle, soit elle se trouvait déjà en compagnie de l'assassin. Et là, on en revenait au Pousseur, qui n'avait pas dîné comme d'habitude au *Boccaccio* et qui était arrivé en retard à la discothèque. Non, trop d'éléments correspondaient. Il y avait vraiment trop de coïncidences entre les heures où l'on n'avait pas de traces du Pousseur et celles où personne n'avait vu Alina.

Bon, se dit-il, retournons au bar, puis on verra. De toute façon, les boulistes sont au courant de tout avant tout le monde.

De retour au bar, il constata non sans surprise que Del Tacca et Ampelio étaient encore assis à la terrasse, alors que les troupeaux habituels de jeunes fainéants commençaient à affluer pour l'apéritif, viatique menant à leur ration imméritée de nourriture du soir. Au même moment, il vit le Dr Carli quitter son tabouret. En sortant, le médecin porta deux doigts à un chapeau imaginaire.

« Où allez-vous dîner ?

— Chez moi. Ma femme n'a pas envie de sortir. J'irai peut-être faire un tour plus tard. À demain. »

C'est ça, à demain. Comme tant d'autres, avant le meurtre, le médecin ne fréquentait le bar qu'une fois par semaine. Maintenant il trouvait toujours le moyen de s'y pointer. Un petit apéritif, un petit café, toujours juché sur le même tabouret d'où il pouvait admirer avec la plus grande désinvolture

– Massimo en était certain – les nichons de Tiziana, puis retour à la maison ou à la clinique.

Devant la table de la classe 1949, Massimo attrapa une chaise, la retourna et s'y assit à califourchon.

« Salut à tous. Qu'est-ce que vous fichez encore ici ? demanda-t-il, même s'il connaissait la réponse.

— Salut, Massimo, répondit Del Tacca. On papote encore un peu. Rimediotti et Aldo ne vont pas tarder.

— Bien, vous commenciez à me manquer. Vous ne retournez pas dîner chez vous ?

— Non, nos femmes sont toutes à la kermesse de la paroisse. Mais moi, le curé, je ne le supporte que quand il dort. En admettant que sa conscience lui permette de dormir, à ce gros porc. On mangera une bricole ici.

— Si vous apportez votre en-cas. Il ne doit pas rester grand-chose de l'apéritif, et je n'ai plus de *focaccie*.

— S'il le faut, je me contenterai d'une glace », dit Ampelio tout en reluquant, l'air de rien, un groupe de jeunes sylphides qui, défilant avec une fausse indifférence le long du trottoir, exposaient aux regards leurs fesses marmoréennes.

Ah, comme elles sont jolies, les jolies filles qui rentrent de la plage !

La démarche fatiguée par une longue journée au soleil, mais encore rythmée par une allure de déesses nordiques qui ne remarquent rien. Un halo de naturelle inaccessibilité qui leur donne un aspect presque ultra-terrestre, une invitation à ne pas essayer de deviner quel *zâhir* se cache sous leurs lunettes noires, un bain-de-soleil qui épouse d'égale manière brise et hanches. Des déesses, justement, venues d'un lointain Walhalla qui se réduit à un misérable bled voisin dès qu'elles ouvrent la bouche. Gardez le silence et laissez-nous vous regarder !

« Pauvre martyr, il se contentera d'une glace. Combien en as-tu mangé aujourd'hui ?

— Oh, fiche-moi la paix, je t'en prie ! J'ai déjà ma dose, avec ta mère, qui m'emmerde tous les jours sur le chapitre bouffe et cigarettes, et ta grand-mère qui m'interdit de manger des glaces pour me servir des plats rissolés midi et soir. Elle serait capable de faire rissoler les pâtes ! Ça fait quarante-huit ans que je chie des enclumes à cause des saloperies que j'avale, et elles continuent de m'emmerder avec les glaces. Je n'en ai mangé qu'une. »

Cela arrivait rarement, mais en l'occurrence, Ampelio avait raison. Tilde n'avait toujours observé qu'un seul et unique principe en matière de cuisine : ce n'est pas encore assez rissolé. Massimo lança à son grand-père un regard affectueux.

« Tu veux une glace à quoi ?

— Chocolat et yaourt. Merci, petit. »

À l'intérieur, Massimo appela Tiziana.

« Salut. Comment ça va ?

— Pas mal. Et toi, tu t'es bien amusé ? L'eau était bonne ?

— Parfaite. Et il n'y avait pas grand monde sur la plage. J'ai trouvé un coin paradisiaque derrière Rimigliano. Désert. Si tu es sage, je t'y emmènerai un jour.

— Oui, bwana. Pour le maillot de bain, tu as une préférence ?

— Une burqa me convient.

— Quand vas-tu te décider à te trouver une copine au lieu de faire l'idiot avec tes employées ?

— Tant que j'aurai des employées aussi bien gaulées que toi, c'est hors de question. Ou plutôt, j'ai l'intention d'introduire le droit de cuissage. »

Massimo fouilla les poches de sa banane, dont il tira un paquet de cigarettes, un briquet, des clefs ainsi qu'un étrange petit objet gris, qu'il posa, comme le reste, sur le comptoir.

« C'est quoi, ce truc ? demanda Tiziana. Un Telepass[1] ? Pourquoi l'as-tu ôté de ton pare-brise ?

— Il ne vient pas de mon pare-brise.

— Où l'as-tu trouvé ?

— Je l'ai piqué sur une Porsche noire qui m'a fait, sur l'autoroute, un coup digne d'un cousin dérangé de Barrichello. Juste après, je l'ai trouvée, vitre baissée, devant un restoroute. Je me suis dit que payer le maximum ne pouvait que faire du bien à son propriétaire.

— Quel con !

— Écoute, employée, je reste ici un moment. Va donc préparer les tables de la terrasse. Quand tu auras terminé de mettre les verres à liqueur, tu prépareras une glace pour mon grand-père.

— Encore une ?

— Il ne dîne pas ce soir… pourquoi ? Combien en a-t-il mangé aujourd'hui ?

— Quatre depuis mon arrivée. »

1. Petit récepteur électronique que les abonnés du service autoroutier italien appliquent sur leur pare-brise et qui leur permet d'utiliser des voies prioritaires, aux péages, sans avoir à s'arrêter.

Massimo se coula derrière le comptoir. Il s'empara d'un couteau et commença à couper les citrons en tranches avec une lenteur et une précision extrêmes, signe avant-coureur évident d'une crise de nerfs. Tiziana patienta quelques instants avant de saisir la pelle à glace et de demander :

« Alors, à quel parfum veut-il sa glace, ton papy chéri ?

— Citron et café. Avec un tas de crème fraîche. »

« T'as une grosse carte ?

— J'ai trois points.

— On a presque fini la partie, rien n'est encore sorti, et t'as pas de gros atout ? Honte à toi !

— Hé, je sais foutrement pas qui est ton coéquipier.

— C'est toi, mon coéquipier, gros bras. Tout à l'heure, je t'ai filé deux puis six, soit bien huit points, que je lui ai piqués à lui, qui a posé le trois de trèfle. Tu me crois assez débile pour perdre huit points ?

— Papy, écoute, donne-les-lui. Avec l'atout, ça fait quatorze, il ne manque plus qu'un point. Ce serait idiot.

— Et si je n'avais pas l'atout ?

— Donne-lui trois points, ça fait six.

— Tiens, en voici trois. Et toi, qu'est-ce que tu poses ?

— Ben, je vais être obligé de poser ce trois de trèfle, ça m'emmerde bien de le gaspiller pour six points, mais si j'attends trop, c'est risqué.

— Mais alors, t'as vraiment une salope pour mère !

— Tu devrais le savoir, Ampelio, c'est ta fille.

— Ne t'y mets pas, toi aussi, et joue bien ! Si ça continue, je vais y perdre mon slip.

— En tout cas, tu ne risques pas de perdre tes pompes, pas vrai ?

— Quoi ?

— Je dis que, ce soir encore, tu es sorti en savates.

— Nom d'une pipe, c'est vrai. Je me disais aussi… Massimo, ça ne va pas ? »

Une question justifiée. Massimo avait fermé les yeux et commencé à se balancer sur sa chaise en gémissant.

Ampelio attendit quelques secondes avant de répéter :

« Ça ne va pas, petit ? »

Sans cesser de gémir ni de se balancer, le barman hocha la tête.

« Alors, Massimo, qu'est-ce que tu fiches, bon sang ? » interrogea Del Tacca, qui n'avait pas l'indulgence que donnent les liens de parenté.

Continuant son manège, Massimo fit, de l'index, un signe qui signifiait « plus tard ».

Il entendit Rimediotti demander si la prière à La Mecque durait longtemps et Ampelio répondre : « J'en sais foutrement rien. »

Soudain, il ouvrit les paupières et déclara : « Bien. » Puis il se leva et pénétra à l'intérieur.

Quatre paires de regards, derrière des lunettes de presbyte, le suivirent avec une attention mêlée d'irritation.

Il s'assit sur un tabouret, adressa quelques mots à Tiziana et, penché en avant, posa sur le comptoir les objets qu'il avait dans les poches. Il les contempla en souriant, avec amour, puis les ramassa et les y remit l'un après l'autre.

Une seconde plus tard, il sortait, les clefs de sa voiture à la main, sans se départir de son sourire.

« Qu'est-ce que tu fiches ? interrogea Aldo d'un air qui hésitait entre l'amusement et la stupeur.

— Je vais voir quelqu'un.

— Et notre partie ?

— On la finira à mon retour.

— Et qu'est-ce que tu as à dire de si urgent à ce quelqu'un ?

— Que je sais qui a tué sa fille et que je crois même pouvoir le prouver. Il me manque juste quelques éléments. »

Du calme, du calme, du calme. Calme-toi, sinon tu vas passer pour un fou. J'ai l'impression d'être le héros du livre de Sciascia, *Une histoire simple*, quand son supérieur lui dit où se trouve l'interrupteur dans la pièce et qu'il devine l'identité de l'assassin, ainsi que la façon dont il a commis le crime. Et, comme lui, je ne sais pas à qui le raconter. À la mère d'Alina… oui, bizarre que « la fille » soit devenue « Alina » dans ma tête. Un nom lu dans les journaux et un visage cireux dépassant d'une poubelle se sont transformés en une personne. Une personne réelle, bien sûr. Une personne qui avait vécu, bu, aimé et mal placé sa confiance. Bon, je ne suis pas à l'aise. Tant que c'était un jeu, un exercice, ça allait. Mais à présent… écoute, ce n'est pas ta faute. Ça t'est tombé sur le coin de la tête sans que tu l'aies cherché, et maintenant que tu as compris comment tout s'est déroulé, tu dois juste en apporter la preuve. Tu n'as pas à trouver une bonne explication, c'est la bonne explication. Point. Même si c'est moche. Tu n'y peux rien. Il vaudrait peut-être mieux que je commence par aller voir Fusco. Mais, d'abord, je prends une douche et je me change. Bordel, c'est la première fois que je démasque un assassin, et je ne peux tout de même pas me présenter, la peau couverte de sel, dans un tee-shirt à l'effigie de Daffy Duck…

ÉPILOGUE

« “… a avoué avoir assassiné Alina Costa et avoir porté son cadavre à l’endroit où il a été retrouvé, sur le parking de la pinède du Belvedere. L’avocat de l’accusé a requis une expertise psychiatrique pour son client en soulignant qu’il était irresponsable de ses actes au moment des faits.” Saperlipopette ! Trop facile, hein ! Avec cette irresponsabilité, ils s’en sortent tous par une pirouette. Mais si moi, je vais à la mairie raconter que j’étais bourré quand je me suis marié, tu crois que je pourrais retourner voir ma femme et la prier de débarrasser le plancher ? Tu parles !

— Du calme, Ampelio. Le juge refusera certainement de le déclarer irresponsable.

— Ce serait la moindre des choses, nom de nom ! Cet assassin… ce criminel… Ce serait aussi la moindre des choses, me semble-t-il, qu’on décerne une médaille au petiot. Sans lui… »

Le petiot, c’est-à-dire Massimo, dégustait un cornet de glace, appuyé contre le comptoir : en ce début septembre, la saison était pratiquement terminée. Désormais, seuls des autochtones se présentaient le matin. Et ils ne demandaient pas un café, mais un récit, raison pour laquelle il était inutile à Massimo de tenir son rôle de barman. Il se pavanait donc au milieu des papys – qui l'admiraient comme s'ils l'avaient fait, lui, l'esprit subtil qui avait réussi à résoudre une sacrée embrouille – et des clients pendus à ses lèvres.

« Au point où tu en es, déclara, sans parvenir à dissimuler sa fierté, Ampelio pour la troisième ou quatrième fois de la journée, autant leur expliquer comment tu t'y es pris. »

Alors, docilement et orgueilleusement, Massimo répéta son récit à l'adresse de ses nouveaux auditeurs : comment Okay lui avait fourni l'heure approximative à laquelle on avait dû fourrer le cadavre de la pauvre fille dans la poubelle, comment il avait compris que l'assassin était de grande taille et comment il en était arrivé à soupçonner le Pousseur.

« Et puis, le pauvre Pousseur avait donné à la police un alibi exact. Le commis de la pharmacie de San Piero, un de ses amis, m'a confié qu'il lui avait vendu une boîte d'Imodium à environ minuit et demi. Mais comme cette histoire ressemblait à une blague, personne ne l'a cru au début. »

Il en vint ainsi, entre deux visites à Fusco, au moment fatidique, à la catharsis. Celle de l'intelligence, et non celle du Pousseur dont on parlait plus tôt.

« Quand Pilade a fait remarquer à papy qu'il était sorti en savates, je me suis rappelé qu'Alina en portait aussi quand son corps a été découvert. Mais pas des tongs ou des pantoufles fourrées, comme on l'a écrit dans les journaux : des sabots blancs orthopédiques, ceux qu'utilisent les médecins dans les hôpitaux. Ce genre de trucs qui ne vous viendrait jamais à l'esprit d'enfiler pour sortir. Alors, je me suis dit qu'elle devait être chez elle à l'heure du crime. Puis j'ai pensé : mais non, ce n'est pas possible, elle a été tuée entre vingt-trois heures et une heure, elle ne pouvait donc pas être chez elle à ce moment-là parce que… bref, je me suis laissé distraire un peu… C'est alors que mon regard est tombé sur le tabouret, à l'intérieur du bar. »

Pause à effet, cigarette qui s'allume toute seule, j'ai dû en fumer quarante depuis ce matin, mais tant pis. C'était le point crucial, l'instant où il avait vraiment eu l'impression d'être Hercule Poirot en pleine illumination. L'esprit libre de toute pensée, sans se triturer les méninges, il avait relevé un détail qui s'étalait depuis toujours devant ses yeux.

Le Dr Carli était, lui aussi, très grand.

« Dans cette histoire, un tas de choses clochaient, dès le début. Je vais sur un parking à cinq heures du matin, persuadé de devoir expliquer à un collégien ivre la différence entre une poupée gonflable et une femme en chair et en os, et je tombe sur une poubelle d'où dépasse la tête d'une fille. Je n'ai pas vu briller la boucle d'une botte, par exemple, non, j'ai tout de suite vu le visage. L'individu qui avait fourré la fille à l'intérieur, quel qu'il soit, n'avait pas perdu de temps à la dissimuler correctement, ou alors il avait fait en sorte qu'on la retrouve comme ça. L'idée qu'on prenne des risques pour cacher un cadavre dans une poubelle et qu'on l'y abandonne ensuite au hasard me paraissait bizarre. L'éventualité d'une mise en scène signifiait aussi qu'on avait placé le corps à cet endroit afin qu'on le retrouve rapidement. Ça colle ? »

Les têtes des clients acquiescèrent.

« Donc, en partant de l'hypothèse selon laquelle le meurtrier avait installé intentionnellement le corps de cette façon, on arrive à la conclusion qu'il voulait qu'on le découvre le plus vite possible. C'est là que les choses commencent à clocher : cette nuit-là, ni le Pousseur ni Messa n'avaient d'alibi. Pour être précis, Messa en avait un, mais il préférait ne pas l'utiliser. Vous avouerez que cela ne s'accorde guère avec la volonté de dévoiler au plus vite un crime commis au moment même où il n'était ni possible ni souhaitable de reconstituer l'emploi du temps des deux hommes, c'est-à-dire entre vingt-trois heures et une heure. Deuxièmement, nous disposons de deux suspects possibles. L'un n'a ni alibi ni mobile plausible. L'autre a peut-être un mobile, mais certainement pas d'alibi à l'heure du crime. L'un n'a pas le mobile, l'autre n'a pas l'occasion. Bref, ça cloche. L'un de vous sait-il ce qu'est un axiome ? »

Le conseil garda le silence.

« C'est bien ce que je pensais. Un axiome est une proposition qu'on déclare vraie parce qu'on la considère comme évidente et qui fournit le point de départ à l'élaboration d'un système mathématique. Tout système mathématique logique se fonde sur des axiomes dont on ne peut prouver l'exactitude. De plus, établir de façon exhaustive l'exactitude ou la cohérence de ces axiomes est infaisable, comme l'a démontré Kurt Gödel dans les années 1930. En d'autres termes, Kurt Gödel a démontré qu'il existe dans tout système mathématique cohérent, c'est-à-dire dénué de contradictions, des affirmations vraies qu'il est impossible de prouver au moyen de ce même système. Quand un système se prend pour son propre sujet d'étude, il doit accepter le fait que certaines vérités ne peuvent être prouvées. »

Massimo tira longuement sur sa cigarette.

« Chaque fois que j'élabore un système, je dois obligatoirement admettre des affirmations qui ne peuvent en aucune façon être prouvées. Cela vaut pour les mathématiques. Dans la vraie vie, en revanche, on se fonde en général, inconsciemment ou pas, sur des axiomes qu'on ne songe même pas à vérifier. Un de ces axiomes, par exemple, assure que le journal télévisé, le curé, ou encore le Parti disent toujours la vérité. Certains d'entre vous se rappellent sans doute la blague sur *l'Unità* et sur les crocodiles qui volent [1]. En ce qui me concerne, j'ai toujours pensé que mon ex-femme me disait la vérité et je n'ai pas apprécié quand j'ai découvert que ce n'était pas le cas. »

Ampelio grogna. Plus qu'à l'ancienne épouse de Massimo, il pensait probablement aux crocodiles.

« Alors, résumons-nous. Si un élément cloche dans ma reconstitution des faits, de deux choses l'une : soit j'ai commis une erreur de raisonnement, soit je n'ai pas commis d'erreur, mais une des prémisses au moins dont je suis parti était fausse. De laquelle s'agissait-il ici ? »

1. Célèbre blague destinée à illustrer la croyance des communistes en la parole du Parti à travers *l'Unità*, son organe : un père, qui a démenti l'affirmation de son fils selon laquelle les crocodiles volent, revient sur ses propos en apprenant que l'enfant l'a lue dans ce journal. « Oui, ils volent, bas mais ils volent », lui dit-il alors.

Pause à effet.

« La réponse est à présent évidente. La prémisse en question est la suivante : la police et, en général, tous les responsables de l'enquête disent la vérité. Cela m'amenait à considérer comme une certitude une erreur, à savoir le fait qu'Alina Costa était morte entre vingt-trois heures et une heure. »

Pause, gorgée de thé.

« J'étais peut-être en train de penser aux médecins de l'hôpital. En tout cas, j'ai avisé le tabouret qu'occupait le Dr Carli un peu plus tôt et je me suis dit : Pour sûr, le Dr Carli est grand. Vraiment grand, il doit mesurer près de deux mètres. Je ne sais pas dans quel ordre j'ai élaboré ces pensées. Mais je venais de jouer pendant une heure à la *briscola* à cinq, j'avais raconté un tas de bobards à papy pour lui faire croire que j'étais son partenaire. J'étais tout content de l'avoir embobiné avec mes conneries. Quoi qu'il en soit, je me suis dit que le Dr Carli est grand. Ça a été le point de départ. »

Pause, bouffée de cigarette.

« C'est ainsi que, sans raison, un certain nombre d'idées me sont venues à l'esprit. J'ai d'abord pensé que c'était le Dr Carli qui avait déterminé l'heure de la mort, entre vingt-trois heures et une heure, comme par hasard dans un laps de temps durant lequel il avait un alibi que rien ne pouvait démentir. J'ai pensé que n'importe qui pouvait envoyer un SMS du portable d'Alina, pour peu que l'appareil fût allumé : il suffisait de ne pas être manchot. J'ai pensé que le "mec" avec lequel Alina entretenait une liaison régulière et dont elle ne voulait parler à personne, pas même à son amie, n'était peut-être pas un jeune homme, mais un adulte. Bref, j'ai pensé que le Dr Carli avait disputé avec nous une partie de *briscola* à cinq en mentant sur l'heure de la mort, et qu'il en avait aussi disputé une avec Bruno Messa en lui envoyant un message dans lequel il l'invitait à dîner en se faisant passer pour Alina.

— Oui, dit Aldo comme pour l'encourager.

— Ce genre de tromperie pouvait être efficace car Alina avait téléphoné un peu plus tôt à une copine en lui annonçant qu'elle allait dîner avec son "mec" secret. Bien sûr, elle gardait le secret sur son identité, vous le savez tous maintenant : il n'était pas facile de raconter qu'elle couchait avec un quinquagénaire, par surcroît un ami de la famille. » Massimo éteignit sa cigarette et se versa du thé glacé.

Il contempla le verre qui s'embuait sous l'effet du froid et avala une gorgée avec une satisfaction particulière.

« Bref, comme vous le savez, j'ai reconstitué les faits de la façon suivante : Alina se rend chez le médecin, qui est seul car sa femme séjourne dans une station thermale. Elle y passe la fin de l'après-midi et enfile même les sabots de la maîtresse de maison en sortant probablement de la douche. Elle téléphone à son amie, puis… et puis arrive ce qui arrive. Il est environ vingt heures. Le médecin envoie un SMS à Bruno Messa en l'invitant à dîner pour le compte d'Alina. Après quoi, il s'habille, emporte le cadavre et le charge dans le coffre de la voiture de la jeune fille. À bord de cette même voiture, identique à la sienne jusque dans sa couleur, il se rend à une soirée chez le marquis Calvelli. De cette façon, il se forge un alibi absolument indestructible : une centaine de personnes l'ont vu à un endroit bien précis durant un laps de temps assez prolongé. Il est pratiquement impossible – il le sait – qu'on remarque que le véhicule ne lui appartient pas. Et il ne court pas le risque qu'on relève la plaque d'immatriculation du sien dans les parages du parking au moment où il dissimulera le cadavre. De plus, les fainéants opportunistes qui composent le cercle des amis de sa femme le considèrent comme un original, aussi aucun d'eux ne tiquera en le voyant se présenter à une soirée à bord d'une Clio, et non de sa Jaguar. Ne pouvait-il pas procéder à l'échange des véhicules plus tard ? Je l'ignore. Peut-être craignait-il d'être remarqué à cette heure-là, par exemple par l'employée de maison, alors qu'à vingt et une heures il avait la certitude d'être seul, son fils étant sorti, et de pouvoir agir en toute discrétion, grâce aux arbres touffus du jardin de sa villa. Donc, après quatre heures, en quittant la demeure du marquis, il se rend sur le parking : il fourre la fille dans la poubelle et y abandonne la voiture, d'autant plus qu'elle s'y est enlisée et qu'il est impossible de la déplacer. J'ignore s'il avait l'intention de la garer ailleurs. Quoi qu'il en soit, du point de vue technique, le crime est parfait : il dira lui-même, le lendemain, que la fille est morte quatre heures plus tard que l'heure exacte, et l'enquête prendra la direction qu'elle a prise. Il ne comptera même pas au nombre des possibles suspects.

— Et pour quel résultat… dit Pilade qui, planté sur sa chaise, la panse bien en vue, le pantalon à la hauteur du sternum, intervenait en acteur éprouvé au bon moment pour donner sa contribution au Narrateur. Avec ce genre de fille, c'était prévisible, non ? »

Massimo écarta les bras.

« Qu'est-ce que tu veux que je te dise… Je crois que le Dr Carli était vraiment amoureux d'Alina, qu'il avait même envisagé d'avouer sa liaison à sa femme et de refaire sa vie. Imaginez la scène. Vous découvrez soudain que la fille avec laquelle vous voulez tout recommencer de zéro est enceinte. Elle vous l'apprend bien tranquillement et, si ça se trouve, elle ajoute que le bébé qu'elle attend est le vôtre. Ben voyons… Dommage que vous, qui êtes médecin entre parenthèses, ayez subi une vasectomie quelques années plus tôt. Et que vous ne puissiez donc pas procréer. Brusquement, vous avez l'impression qu'un casque de Viking orné de cornes format XXL se visse sur votre tête et que votre futur ange du foyer se transforme en une femelle de serpent, de cochon, ou en une combinaison des deux. Une femelle qui vous a trompé. Pis encore : qui vous a trompé avec un individu que vous considérez comme un furoncle sur le cul du monde, ou avec un autre type du même acabit. Il vous reste à éliminer deux personnes. Elle, physiquement. Et lui, légalement. La trouvaille du SMS a dû lui sembler un coup de génie, et en effet ce n'était pas une mauvaise idée. Ça a détourné le cours de l'enquête pendant quelques jours, même si ça ne pouvait pas tenir la route : tôt ou tard, Bruno Messa aurait parlé, car mieux vaut avouer à son papa chéri qu'on sniffe, plutôt qu'être soupçonné d'étrangler des filles. C'est alors que se présente la question de la taille. Et là, deuxième coup de bol énorme, que je lui ai moi-même fourni. L'histoire du Pousseur, de grande taille, ambigu, dont l'alibi était à chier – c'est vraiment le cas de le dire –, semblait parfaite. Quand j'y repense, ça me donne envie de me flanquer un coup de marteau sur le crâne.

— Ouais, mais tu as ensuite réparé l'impair, déclara Aldo. Ce qui m'a le plus impressionné, c'est la façon dont tu as réussi à dénicher une preuve. Sans preuve, on ne serait pas ici, aujourd'hui, à discuter de l'affaire. Fusco ne t'aurait même pas écouté. Si ça se trouve, il t'aurait même accusé de complicité avec le Pousseur et expédié au trou avec son copain pharmacien. »

Massimo acquiesça en entamant un nouveau cornet de glace.

Il repensa à sa visite chez Arianna Costa, au moment où il lui avait annoncé qu'il savait ce qui s'était produit. Il avait justement commencé par la preuve. La cassette du système de vidéosurveillance du jardin des Calvelli-Sturani, dont il avait obtenu un double quelques minutes plus tôt grâce à un ami qui travaillait à l'agence chargée de la sécurité de la villa. Il avait revu pour la dixième fois les images sur lesquelles on voyait le Dr Carli arriver à la soirée à bord d'une Clio dont la plaque d'immatriculation était identique à celle d'Alina, et ses rapides manœuvres d'un stationnement qui, dans sa banalité en noir et blanc, transformait l'homme jovial, toujours prêt à plaisanter, en assassin. En une seconde, le visage d'Arianna avait perdu le recul et l'aplomb que la vie y avait façonnés, et, les yeux cernés sous le maquillage à cause des nuits sans sommeil, elle avait regardé le téléviseur ainsi qu'on regarde sa maison s'écrouler, l'esprit occupé par une question trop difficile à formuler, tant on est angoissé par l'idée de connaître la réponse. Mais elle avait ensuite raccompagné Massimo jusqu'à la porte, sans croiser son regard, et il avait été surpris par son absence de larmes. Elle pleurera sans doute demain, avait-il pensé bêtement. Ce soir, peut-être, elle arrivera à dormir.

POUR TERMINER

De nombreuses personnes ont joué un rôle fondamental dans la rédaction de ce livre.

Je remercie Serena Carlesi et Fiodor Sorrentino qui m'ont persuadé de l'achever et m'ont aidé à lui donner sa forme définitive.

Je remercie Walter Forli de m'avoir apporté ses précieux conseils en médecine légale et d'avoir prêté une partie de son nom à l'un des personnages.

Je remercie Rocco Chirivì et Carlo Toffalori qui ont débusqué dans la première version une erreur de mathématiques et m'ont expliqué avec (une grande) patience la signification exacte de ce que je voulais dire.

Je remercie Piergiorgio, Virgilio, Serena, Mimmo, Letizia, Paola, Francesco, Federico, Gherardo, Giacomo, Rino, Piero, Vittorio, Liana, mon père et ma mère, tous ceux qui ont lu ce livre, petit, avant qu'il soit adopté par un éditeur, et m'ont dit qu'ils l'avaient aimé.

Je remercie le marquis et la marquise Antinori, le comte et la comtesse Barbi, le duc de Salaparuta et leurs collègues[1], qui ont enrichi mon imagination et la fluidité de l'écriture.

Enfin, je remercie Samantha qui, forte de sa patience et de son intelligence, a énormément amélioré ce livre et, plus encore, a rendu meilleur son auteur.

Pise, 12 août 2003, presque minuit.

1. Antinori, Barbi et Salaparuta sont des noms de vins, respectivement de Toscane, d'Ombrie et de Sicile.

TABLE

MIXTE
Papier issu de
sources responsables
FSC® C003309

10/18, une marque d'Univers Poche,
est un éditeur qui s'engage pour
la préservation de son environnement
et qui utilise du papier fabriqué à partir
de bois provenant de forêts gérées
de manière responsable.

Impression réalisée par

BRODARD & TAUPIN

La Flèche (Sarthe), 3004976
Dépôt légal : juin 2014
X06185/01

Imprimé en France